KB231638

일본의 언어와 문화속의 여성상

편저자 **황미옥**

인천대학교 일본문화 연구소 번역총서 1

언어는 시대에 따라 변하고, 또 연대와 직종에 의해서도 변하지만, 언어로 사람에게 마음을 전달하는 것은 영원히 계속되며, 언어는 문화의 중심 요소를 이루고 있습니다.

본서는 언어는 문화의 일부를 이루는 것, 문화나 사회적 행동 속에 완전히 포함된 것이라는 입장을 취하여, 일본어(세분하자면 일본어, 일본문학, 일본문화) 속에 그려진 여성을 다루어, 일본의 여성상을 생각하고자 하는 시도입니다.

우리들은 인물의 호칭, 말투 하나에서도 남녀가 놓인 지위와 습관을 알 수 있습니다. 이 책의 중요한 관심사 중 하나는 일본이라는 역사적, 사회적 상황 속에서 여성들이 젠더를 어떻게 받아들이고, 발버둥 치며, 탈출하고, 극복하려고 하였는가라는 점입니다.

시몬느 보봐르의 『제2의 성』이 명저라는 것은 새삼스럽게 말할 필요가 없습니다. "사람은 여자로 태어나지 않는다. 여자가 되어가는 것이다." 모든 것은 서두의 이 한 구절로 다 말하고 있습니다. 여자가 될 때마다 엄습해오는 놀라움, 여자가 될 때마다 증가하는 고뇌. 여자는 변신에 의해 어느 시기에 진정한 여자 '인간'이 되는 것 밖에 행복에 이르는 길은 없습니다.

본서에는 자신의 환경에 맞서 길을 개척하며 살아왔던 씩씩한 여성들이다수 등장합니다.

　본서가 일본어라고 하는 문화 토양 속의 여성상을 아는 기회를 제공하고, 그로 인하여 모국의 여성의 사상, 의식, 행동의 바람직한 모습과 문제의식을 생각해보는 동기가 되어, 국가를 불문하여 현재의 21세기의 남녀와 사회의 새로운 바람직한 모습을 전망하는 계기가 되기를 바랍니다.

　그리고 국제사회에서 언어는 매우 중요한 것입니다. 확실한 언어능력이 없으면 결실이 있는 활동은 불가능합니다. 언어를 자신의 의사를 전달하거나 일을 충족시키는 수단으로서만 생각하지 말고, 상대 문화를 배우는 재료로 인식해야만 합니다. 가지각색의 말투에 그 언어를 탄생시킨 문화가 그대로 드러나 있습니다. 언어란 문화인 것을 자각하여 배우고 사용하는 것이 필요합니다. 언어를 통해 열린 새로운 세계, 하나의 문화, 다른 가치 체계와의 조우가 먼 나라 사람들에 대한 연대감으로 이어진다고 확신합니다.

　(일본어를 제2외국어로서 접하는 학습자들을 위하여 지나친 의역은 피하였습니다.)

목 차

第1章

日本語のなかの女性

　言語と社会の間には密接な関係がある。

　その言語を所有している社会のさまざまな特質は、しばしば言語にみごとに反映する。

　その社会を支える人たちの思想、美意識、あるいはある一定の仕組みの特徴、そんなものもそのことばを見ればよくわかることが多い。

　ことばというものは社会のいろいろな面でのありようをおのずとその言語じたいに内蔵すると言ってよい。

　キーワードによってそのことばを使う社会の特性を論じたりするのはその例である。

　一方逆に、ことばが人間のありようを規定することもある。

　そのような言語を使うことによって、人間は拘束され、一定の型にはめこまれてゆく、そのことばがあることによって人間をそのことばのように作ってゆく、そういう見方をするようになってしまう、という面である。

일본어 속의 여성

제1장

언어와 사회는 밀접한 관계가 있다.

그 언어를 소유하고 있는 사회의 여러가지 특징은 종종 언어에 훌륭하게 반영된다.

그 사회를 지탱하는 사람들의 사상, 미의식, 또는 어떠한 일정한 구조의 특징 등 그 언어를 보면 잘 알 수 있는 것이 많다.

말이라는 것은 사회의 여러 가지 면의 실상을 자연스럽게 그 언어 자체에 내장한다고 말해도 좋다.

키워드에 의해 그 말을 사용하는 사회의 특성을 논하곤 하는 것은 그 예이다.

한편 반대로 말이 인간의 실상을 규정하기도 한다.

그러한 언어를 사용하는 것에 의해 인간은 구속당하고, 일정한 틀에 박혀지게 되고, 그 말이 있음으로 의해 인간이 그 말과 같이 만들어지고, 또 그러한 견해를 하게 되는 면이다.

　ここでは女性のさまざまの問題とことばとのかかわりを、今述べたことばと社会のかかわり方の二面を通して見ようとする。

　日本語には、日本人が女性をどう位置づけてきたか、社会の中にどう組み入れているかの問題がことばの節々によくあらわれている面が多々ある。

　あるいはまた、日本語のありようじたいが実に深刻に女性の生き方にかかわってくるという面が、これまた思いもかけぬ程度で存在する。

　ことばが歴史を作っている面が日本語の場合、かなり顕著に見られるという視点をもって、日本語のありようと女性のありようとの相関という面を記述したいと思う。

1.1. ことばと女性

1.1.1. 女性と美

　美の語源は大きな羊、つまり「おいしい」っていう食欲の快感に発しているということですが、「美とは快感だ」と考えてみると、もう少し普遍的な、というか深いレベルでの美人の条件と言うのは考えられそうです。

　ある顔を「虫が好かない」「気にくわない」「不快である」と感じる時に、その原因のわかる場合があります。

　つまり、同じような顔の人にイヤな思い出があるとか、という

이 책에서는 여성의 여러 가지 문제와 말과의 관계를 지금 진술한 언어와 사회의 관계 두 면을 통해 보려고 한다.

일본어에는 일본인에게 여성이 어떠한 위치에 있는지, 사회 속에 어떻게 편입되고 있는가 하는 문제가 말 곳곳에 잘 표현되어 있다.

혹은 일본어 실상 자체가 실로 심각하게 여성의 사는 방법에 관계되어 왔다는 면이 상상할 수 없을 정도로 존재한다.

말이 역사를 만든다는 것이 일본어의 경우 꽤나 현저하게 보인다는 시점에서 일본어의 모습과 여성의 실상과의 상관관계를 기술하고자 한다.

1.1. 말과 여성

1.1.1. 여성과 미

미의 어원은 큰 양, 즉 '맛있다'고 하는 식욕의 쾌감에서 시작되고 있지만 '미란 쾌감이다'라고 생각해보면 좀 더 보편적이라고 할까, 깊은 수준의 미인의 조건이라는 것은 생각할 수 있을 것 같습니다.

어떤 얼굴을 '주는 것 없이 밉다', '마음에 안 든다', '불쾌하다'고 느낄 때 그 원인을 알 수 있는 경우가 있습니다.

즉, 비슷한 얼굴의 사람에게 좋지 않은 추억이 있다던가 하는 개인적인 이유는 보편화 될 수 없습니다.

個人的な理由、これは普遍化はできない。

　しかし、「恐い顔」「気味の悪い顔」というのが、自分の「不快時の表情」と重なるからだ、と考えるとします。

　すると「美しい」と感じる顔とは「自分の快感時の表情」とつながるのではないか?

　「涼しい目もと」というのは、涼しい(快感)を感じているときの自分の表情筋を連想させる。

　明るい笑顔、歓喜の表情、といったようなものも同様です。

　美人の顔とは「快感を連想させる顔」ということです。

　何によって、快感を連想するか、は個々にちがっていても「美人顔」と「快感の連想」という意味では同様なのでした。

　女の人のことを、隠語的にナオンといったりしましたが(近頃はあまり流行りません)江戸時代にも、同じように逆さ言葉というものはあって、女の人のことを同じように逆さに言ったりしたもののようです。

　もっとも江戸時代にはナオンとひっくりかえしたままにせず、ナオスケ(直助)という風にした。

　直助というのは男の名としてザラにあった名前でしょうから、隠語的につかうのに便利だったからでしょう。

　その後、直助を単にスケというコトバは現代にも命脈を保っていますが、このスケに醜男(ブオトコ)のブをつけてブスケというのを醜女(シコメ)の隠語としたというのは以外に知られていません。

　現代使われているブスというのは、このブスケをさらに略したものです。

그렇지만 '무서운 얼굴', '기분 나쁜 얼굴'이라는 것이 자신의 '불쾌할 때의 표정'과 겹쳐지기 때문이라고 생각하기로 합시다.

그러면 '아름답다'고 느끼는 얼굴이란 '자신이 쾌감을 느낄 때의 표정'과 연결되는 것은 아닐까요?

'시원한 눈매'라는 것은 시원한(쾌감)을 느끼고 있을 때의 자기 표정을 연상시킵니다.

밝게 웃는 얼굴, 환희의 표정이란 것도 마찬가지입니다.

미인의 얼굴이란 '쾌감을 연상시키는 얼굴'이라는 것입니다.

무엇이 쾌감을 연상시키는지는 각자가 다르더라도 '미인 얼굴'과 '쾌감의 연상'이라는 의미는 같은 것이었습니다.

여자를 은어적으로 '나온(ナオン)'이라고 하기도 했지만 (최근에는 그다지 유행하지 않음) 에도 시대에도 이와 같이 거꾸로 하는 말이 있어 여자를 이처럼 거꾸로 부르기도 한 듯 합니다.

더욱이 에도시대에는 '나온(ナオン)'이라고 뒤집은 대로 안 하고, '나오스케(ナオスケ, 直助)'라는 식으로 했습니다.

'나오스케'라는 것은 남자의 이름으로서 흔해빠진 이름일 테니, 은어적으로 쓰는데 편리했기 때문일 것입니다.

그 후 나오스케를 간단히 한 '스케(スケ)'라는 말은 현대에도 그 명맥을 유지하고 있습니다만, 이 '스케(スケ)'에 '추남(ブオトコ, 부오토코)'의 '부(ブ)'를 붙여서 '부스케(ブスケ)'라는 말을 추녀의 은어로 만든 것은 의외로 알려져 있지 않습니다.

현대에 쓰이고 있는 '부스(ブス)'라는 말은 이 '부스케(ブスケ)'를 한 층 더 줄인 말입니다.

　ですから、醜男を称して「ブスな男」というのは正しくない、し
かし、このブスという語感が、悪口に向いたものだから、このよう
な誤用もされるものと思われます。

　世の中では「美人は性格が悪い」というようなことがよく言われ
るようですが、これは正しくない。

　これを民主主義のせいにして「バランスをとろうとする言辞だ」
という人もいますが、これも賛成しかねる。

　ありようは「美人なのに性格が悪い!?」という意外性だったと思
われます。

　本当のところがどうあろうと、ブスは性格も悪そうに見え、美人
はよさそうに見えてしまう、という前提があってのことだからです。

〈어휘〉

肌ざわり(はだざわり)	譲り(ゆずり)
奥女中(おくじょちゅう)	同義(どうぎ)
類義語(るいぎご)	包摂(ほうせつ)
ひっくりかえす	ザラ
悪口(わるぐち)	権威(けんい)
～かねる	おのおの

때문에 추남을 일컬어 '부스나 오토코(ブスな男)'라고 속하는 것은 정확히 말하자면 올바르지 않지만, 이 '부스(ブス)'라는 어감이 험담을 할 때 쓰이는 말이므로, 이렇게 오용되는 것이라고 생각됩니다.

세상 사람들은 '미인은 성격이 나쁘다'라는 말을 곧잘 하지만 이것은 옳지 않습니다.

이것을 민주주의 탓으로 돌려 '균형을 맞추려고 하는 언사다'라고 하는 사람도 있지만 이 말도 찬성하기 어렵습니다.

실상은 '미인인데 성격이 나쁘다!?'라는 의외성 때문인 것으로 생각됩니다.

사실이 어쨌건 간에, '부스(ブス)'는 성격도 나쁜 것처럼 보이고, 미인은 성격이 좋은 것처럼 보인다는 전제가 있기 때문입니다.

〈어휘〉

촉감, 감촉, 사람을 대했을 때의 느낌 (인상)	양도, 물려줌, 물려받음
에도시대에 쇼군이나 다이묘의 집에서 직접 주군이나 그 부인을 섬기던 여자	동의, 같은 뜻
유의어, 뜻이 유사한 말	포섭
뒤집다	흔해빠진
험담, 욕	권위
~할 수 없다. ~하기 어렵다	각기, 각각

1.1.2. 「女」と「女性」と「女子」と「婦人」

「女」と「女性」と「女子」と「婦人」はたがいにどんな関係になっているのだろう。

「女」と「女性」はもっとも一般的で、和語と漢語という肌ざわりの違いがあるだけのように見える。

風あたりの強い「女だてらに」ということばは、たしかに「女性だてらに」と言い換えるわけにはいかないが、それは、「女」という固有の日本語が不幸にも日本人の伝統的な女性観をひきずっているからだろう。

「女子校」ということばはあるが、「女性校」ということばはない。

「女子大学」を「女性大学」とすると、なんだか、キャバレーの店名じみてくる。

「女子」ということばは学校生活を連想させるため、そこをあえて「女性」とすると、社会に出た大人を考えてしまうからかもしれない。

会社の「女性事務員」も、最近は「女子事務員」の進出で、後進に道を譲りそうなけはいだ。

新入社員が年々子供っぽくなっているからだけとも言えまい。

おそらく、「女子」という語が集団の成員といった感じで使われているのだろう。

「若い女性」を「若い女子」と言い換えたときに、なんとなく形容詞がむだな感じがして、くどく聞こえるのも、集団生活がすぐに若者を連想させるからではなかろうか。

1.1.2. '온나(女)', '죠세(女性)', '죠시(女子)', '후징(婦人)'

'온나(女)', '죠세(女性)', '죠시(女子)', '후징(婦人)'은 서로 어떤 관계로 이루어져 있는 것일까.

'온나(女)'와 '죠세(女性)'는 가장 일반적인 단어로, 일본어와 한자어라는 느낌의 차이만 있는 듯 보인다.[1]

비난이 강한 '온나다테라니(女だてらに, 여자답지 않게, 여자인 주제에)'라는 말은 확실히 '죠세다테라니(女性だてらに)'라고 바꾸어 말할 수는 없는데, 이는 '온나(女, おんな)'라는 고유의 일본어가 불행하게도 일본인의 전통적인 여성관을 끌어안고 있기 때문일 것입니다.

'여자학교(女子校)'라는 말은 있지만, '여성학교(女性校)'라는 말은 없다.

'여자대학(女子大学)'을 '여성대학(女性大学)'이라 하면 뭔가 카바레의 가게 이름 같아 보인다.

'여자(女子)'라는 말은 학교생활을 연상시키기 때문에 그것을 구태여 '여성(女性)'이라 하면 사회에 나간 어른을 생각해 버리기 때문일지도 모른다.

회사의 '여성사무원'도 최근에는 '여자사무원'의 진출로 후진에게 길을 내주는 기색이다.

신입사원이 매년 아이처럼 되고 있기 때문이라고만은 할 수 없다.

필시 '여자(죠시)'라는 단어가 집단의 구성원이라는 느낌으로 사용되고 있기 때문일 것이다.

'젊은 여성(와카이 죠세)'을 '젊은 여자(와카이 죠시)'로 바꿔 말할 때, 왠지 형용사가 쓸데없는 느낌이 들며 귀찮게 들리는 것도 집단생활이

---

1) '女'는 고유 일본어인 'おんな'로 읽으며, '女性'는 한자 읽기로 'じょせい'이다.

「婦人参政権」などということばもあったように、「婦人」と言うと、今度は逆に大人、それもある程度人生経験をふんで分別がつく年ごろになった女性を思わせる。

女子大で「當今のご婦人は」と話を切り出しても、たいていの学生は自分のことだとは思わないで聞いているだろう。

こういうふうに、「女」「女性」「女子」「婦人」ということばは、いくらか違った範囲を主としてさすような傾向がある。

けれども、幼稚園に通っている女の子が何のためらいもなく「女」湯ののれんをくぐり、女子高生が資格を疑うそぶりも見せず闊歩して「婦人」用のトイレに向かうところを見れば、厳密な意味で別々の対象をさしているとは言えない。

1.1.3. 「妻」と「奥さん」と「家内」

「妻」「奥さん」「家内」という組み合わせはどうだろう。「つま」ということばは、古くは、夫婦の関係にある男女の間でたがいに相手をさす語だったと言われるが、現代語で考えるかぎりは、「夫の配偶者である女性」をさすとして、まず異論は出ないだろう。

どこの夫の配偶者も「妻」と言うから、「僕の妻」と「彼の妻」とはもちろん別の女性で、世間に波風は立たない。

바로 젊은이들을 연상시키기 때문이 아닐까.

'부인참정권(婦人参政権)'등의 말도 있었던 것과 같이 '부인(후징)'이라 말하면 이번에는 반대로 어른, 그것도 어느 정도 인생경험을 겪어 분별 있는 나이가 된 여성을 연상시킨다.

여대에서 '요즘의 부인은(当今のご婦人は)'하며 이야기를 꺼내도 대개의 학생들은 자신의 이야기라고는 생각하지 않고 듣고 있을 것이다.

이와 같이 '온나(女)', '죠세(女性)', '죠시(女子)', '후징(婦人)'이라는 단어는 다소 다른 범위를 주로 가리키는 경향이 있다.

그렇지만 유치원에 다니고 있는 여자아이가 아무런 주저함도 없이 '여(온나, 女)'라고 쓰인 탕에 들어가고, 여고생이 자격을 의심하는 기미도 보이지 않고 당당히 걸어서 '부인(후징, 婦人)'용의 화장실에 들어가는 것을 보면 엄밀한 의미에서 다른 대상을 가리키고 있다고는 말할 수 없다.

1.1.3. '처', '부인, 사모님', '아내'

'쓰마(妻, 처)' '옥상(奥さん, 부인, 사모님)' '가나이(家内, 아내)'라는 조합은 어떤가. '쓰마(つま(妻))'라는 말은 예전에는 부부의 관계에 있는 남녀 사이에서 서로 상대방을 가리키는 단어였으나, 현대어에서만 보면 '남편의 배우자인 여성'을 가리키는 단어로서 아마 이에 대한 이의는 나오지 않을 것이다.

어느 남편의 배우자도 '쓰마(처)'라고 말하므로, '보쿠노 쓰마(僕の妻, 내 처)'와 '가레노 쓰마(彼の妻, 그의 처)'와는 물론 다른 여성으로 세상에 문제될 것은 없다.

　家の主人というものが権威をもっていたその昔、女中に向かって、自分の妻のことを「奥様」と呼び、「奥さん」とも読んだかもしれないが、今の世の中で「奥さん」と言えば、まず他人の妻をさすと考えてさしつかえない。

　一方、「家内」のほうは自分の妻をさすから、「家内」が逃げて「奥さん」になってしまってはかなわないし、「奥さん」をかってに「家内」にしたりするのは穏やかでない。

　この場合は、「妻」という語の意味範囲の中に「奥さん」と「家内」の意味が両方ともそっくり入ってしまう、という関係になるはずだ。

1.1.4.「女学生」と「女子学生」と「女子大生」

　「女学生」「女子学生」「女子大生」のトリオを扱うことにしたい。

　まず、「女学生」だが、「女」の「学生」という意識は薄く、どちらかというと高校ぐらいの女子生徒を連想する。

　が、一方、「女学」に「生」がついたという理解から、旧制の女学校の生徒のセピア色のイメージをなつかしむ年齢層もある。

　あとの二つは大学クラスの学生をさすと見ていい。

　しかし、両者の関係はちょっと複雑だ。

　「女子学生」のほうは「女子」である「学生」、すなわち、女の大学生をさすが、「女子大生」のほうに二つの意味があり、人によって別のものをさしているからである。

　一つは「女子」の「大生」、つまり女の大学生で、この意味では「女子学生」とほぼ同義的な関係になる。

집안의 가장이라는 사람이 권위를 가졌던 그 옛날 시녀에게 자신의 아내를 '옥사마(奧樣)'라 부르고, '옥상(奧さん)'이라고도 읽었는지도 모른지만, 지금 세상에 '옥상(奧さん)'이라고 말하면 우선 다른 사람의 아내를 가리킨다고 생각하여도 괜찮다.

한편, '가나이(家內)'는 자신의 아내를 가리키기 때문에 '가나이(家內)'가 도망가서 '옥상(奧さん)'이 되어버리면 참을 수 없고, '옥상(奧さん)'을 맘대로 '가나이(家內)'라고 하는 것은 온당하지 못하다.

이 경우는 '쓰마(妻)'라는 단어의 의미 범위 중에 '옥상(奧さん)'과 '가나이(家內)'의 의미가 모두 고스란히 포함된 관계가 되는 것이다.

1.1.4. '여학생', '여자학생', '여자대학생'

'죠각세(女学生)', '죠시각세(女子学生)', '죠시다이세(女子大生)'의 트리오를 다뤄보고 싶다.

우선 '여학생(女学生)'인데, '여자(온나, 女)'인 '학생'이라는 의식은 얕고, 대게 고등학생 정도의 여학생을 연상한다.

한편, '여학(女学)'에 '생(生)'이 붙었다는 생각에서 구 여학교 학생의 세피아색의 이미지를 그리워하는 연령층도 있다.

나머지 두 단어는 대학생 정도의 학생을 가리킨다고 볼 수 있다.

그러나 양자의 관계는 조금 복잡하다.

'여자학생(女子学生)'쪽은 '여자(죠시)'인 '학생' 즉, 여자 대학생을 가리키지만 '여자대학생'은 두가지 의미가 있어 사람에 따라 별개의 것을 가리키고 있기 때문이다.

하나는 '여자(죠시)'인 '대학생' 즉, 여자 대학생으로 이 의미는 '여자학생'과 거의 같은 의미 관계가 된다.

　もう一つは「女子大」の「学生」という意味の解釈だ。

　この場合は、お茶の水や津田塾など「女子大学」と名のつく大学の学生に限られ、共学である大部分の大学に在学している女子学生は含まれない。

　以前、早稲田大学のある授業で、自分が「女子大生」であると思う者に手を挙げさせたことがある。

　その際、手を挙げなかった学生がすべて男であるようには見えなかった。

　つまり、ここは女子大ではないから自分は「女子大生」ではないと判断した女子学生がかなりいたわけだ。

　手を挙げた女の学生は、その二つの類義語をほぼ同義的な関係と考えているのだろう。

　ただし、「女子学生」より「女子大生」のほうが短大生を含めにくい、という違いはあるかもしれない。

　一方、複雑な表情で手を挙げなかった女の学生は、「女子大生」を「女子学生」の一部と考えたはずであり、その場合は包摂的な関係にある類義語だということになる。

　どちらが正しいとか、専門的な使い方だとかいう区別はない。全体として複雑で多岐にわたる意味関係だと言えるだろう。

다른 하나는 '여자대학'의 '학생'이라는 의미의 해석이다.

이 경우는 오차노미즈(お茶の水)나 쓰다주쿠(津田塾)등 '여자대학'이라고 이름이 붙은 대학의 학생에 한하며 공학인 대부분의 대학에 재학하고 있는 여학생들은 포함되지 않는다.

이전에 와세다대학(早稲田大学)의 어느 수업에서 자신이 '여자대학생'이라고 생각하는 사람은 손을 들게 한 적이 있다.

그 때 손을 들지 않은 학생이 모두 남자였던 것은 아니다.

즉, 이곳은 여자대학교가 아니기 때문에 자신은 '여자대학생'이 아니라고 판단한 여학생이 꽤 있었기 때문이다.

손을 든 여학생은 이 두개의 유의어를 거의 동의어적인 관계로 생각하고 있기 때문일 것이다.

단, '여자학생'보다 '여자대학생'쪽이 단기대학생(短期大生)[2]을 포함하기 어렵다고 하는 차이는 있을지도 모른다.

한편, 복잡한 표정으로 손을 들지 않았던 여학생은 '여자대학생'을 '여자학생'의 일부로 생각했을 것이며 그 경우는 포섭적인 관계에 있는 유의어라고 하는 것이 된다.

어느 쪽이 옳다던가 전문적인 사용법이라는 구별은 없다. 전체로서 복잡하고 여러 부분에 걸친 의미관계라고 말할 수 있을 것이다.

---

2) 대학의 하나, 전문의 학예(学芸)를 교수연구(教授研究)하여. 직업이나 실제생활에 필요한 능력의 육성을 주요한 목적으로 한다. 학부대신 학과가 설치되며 수업연한은 2년 또는 3년이다.

〈어휘〉

取りつく島もない (とりつくしまもない)	不審(ふしん)
訊(き)く	勘定(かんじょう)
操(みさお)	小股(こまた)

1.1.5. 柳腰

「柳腰」というのも似たような語感がある。

これはもと、柳の枝のように細くしなやかな腰という比喩的な発想で成立した漢語で、「りゅうよう」と読むものらしいが、それを訓読みして「やなぎごし」と言うようになった。

だから、ことばの意味としてはなよなよとした腰の形容であるにすぎない。

腰の性質や状態そのものは、もちろん、まとう衣装には関係がないから、洋服の女性にも細くしなやかな腰の人はいくらでもいる。

それでも、ジーンズ姿の女子高生や体操競技の選手などに「柳腰」と言いにくいのは、伝統的なイメージに合わないからだろう。

「柳腰の」と来れば「女」ということばがはまりで、「女性」とか、「女子」とかいうことばでさえ、あまりしっくり来ない。

まして「柳腰のボクサー」とか「柳腰の腕白坊主」などと言うと滑稽な感じになるのは、もともとの表現対象であった女性的な印象と著しく反発し合うからである。

말을 붙여 볼 수 없다	불심, 의심스러움, 수상함
묻다, 질문하다	셈, 계산
지조, 절개, 정조	가랑이, 보폭이 좁음

1.1.5. 잘록하고 날씬한 허리, 개미허리

'야나기 고시(柳腰, 잘록하고 날씬한 허리, 개미허리)'에도 비슷한 어감이 있다.

이것은 원래, 버들가지와 같이 가늘고 날씬한(유연한) 허리라는 비유적 발상으로 성립된 한자말로 '류우요(りゅうよう)'라고 읽는 것인 듯하나, 그것을 훈독하여 '야나기 고시(やなぎごし)'라 읽게 되었다.

때문에 말의 의미로서는 가냘픈 허리를 형용하는 것에 지나지 않는다.

허리의 성질이나 상태 그것은 물론 걸친 의상과는 관계가 없기 때문에 정장을 입은 여성에게도 가늘고 나긋나긋한 허리를 가진 사람은 얼마든지 있다.

그런데도 청바지를 입은 여고생이나 체조경기 선수 등에게 '야나기 고시(柳腰)'라고 말하기 어려운 것은 전통적인 이미지에 맞지 않기 때문일 것이다.

'야나기 고시노(柳腰の)'가 오면 '온나(女)'라는 말이 어울리며, '조세(女性)'이나 '죠시(女子)'란 말조차 그다지 어울리지 않는다.

하물며 '버들가지 같은 허리의 복서(柳腰のボクサー)'라던가 '버들가지 같은 허리의 개구쟁이(柳腰の腕白坊主)'라고 하면 우스꽝스러운

1.1.6.「貞淑」「清楚」

「しとやか」ということばはどうだろう。

この語は、ものの言い方や立ち居ふるまいが落ち着いていて気品があるようすを意味する。

身分の高いお爺さんにも、良家の若様にもこういうようすは見られるはずだが、「しとやかな陸軍大臣」とか「しとやかな長男坊」などとは言わない。

それはむろん、陸軍大臣や長男坊ががさつで、彼らに落ち着きや気品がないからではない。「しとやか」ということばの語感とイメージが合わないだけである。

国語辞典を引いてみても「清楚」などとは違って、特に性別に関する注釈はない。

けれども、「しとやかな物腰」といった例は別として、人間の出てくる例は「女性」「令嬢」「婦人」「奥様」といった女の人の例ばかりで、「しとやかなお坊ちゃま」などという男性の例をほとんど見ない。

といって、女性ならみな資格があるかというと、そうでもないらしい。「しとやかな老婦人」という言い方にはなんの抵抗もないが、家柄がよくおとなしい女の子がいたとしても、「しとやかな幼稚園児」といった言い方はまずしないだろう。

느낌이 되는 것은 원래의 표현대상이었던 여성적인 인상과 서로 명백히 충돌하기 때문이다.

1.1.6. 정숙함, 청초함

'정숙함'라는 말은 어떨까.

이 말은 말투나 행동거지가 침착하고 기품이 있는 모습을 의미한다.

신분이 높은 노인에게서도 양가집 규수에게서도 이런 모습을 볼 수 있을 테지만, '정숙한 육군대신'이라던가 '정숙한 장남'같은 말은 하지 않는다.

그것은 물론 육군대신이나 장남의 행동거지가 거칠고 그들에게 침착함이나 기품이 없기 때문이 아니다. '정숙함'이라는 말의 어감과 이미지가 맞지 않는 것뿐이다.

국어사전을 찾아봐도 '청초함' 등과는 달리 특별히 성별에 관한 주석은 없다.

하지만 '정숙한 언동'과 같은 예는 별도로 하더라도, 인간이 나오는 예는 '여성', '영애', '부인', '사모님'과 같이 여자가 나오는 예 뿐으로 '정숙한 도련님'등과 같은 남성의 예를 거의 볼 수 없다.

그렇다고 여성이라면 모두 자격이 있는가 하면 그것도 아닌 듯하다. '정숙한 노부인'이라는 표현방식에는 아무런 저항도 없지만, 집안이 좋고 얌전한 여자아이가 있다 해도 '정숙한 유치원아'같은 표현은 거의 하지 않을 것이다.

　「しとやかな女の子」といった用法さえ日本語として落ち着かないのは「女の子」「女子」ということばの語感が、「乙女」などとは違って、「しとやか」「ささやき」というその言語的影響に反発するからだろう。

　女子高生あたりがボーダーラインで、この語の適用範囲は成人女子にほぼ限られそうな感じがあるからだろう。

　「貞淑な夫」というような言い方をすると、たいていの人は変な顔をする。

　日本語の使い方を知らないと思うからだろう。

　「篤実」とか「実直」とかいうことばとは違って、「貞淑」ということばの中には、「夫」にはありえない意味が含まれている。

　ためしに手近の国語辞典を引いてみると、「女の操が堅く、しとやかなこと」といった説明がしてある。

　操が堅いというだけなら男でもかまわないが、その前に「女の」とはっきり断ってあるので、「夫」には使えないことになる。

　これを差別だとする見方もあるかもしれないが、ともかく字引を信用するかぎり、まだ女性専用の語なのだろう。

　それでは、「清楚」ということばはどうか。

　これも国語辞典を引いて確かめると、「飾り気がなく、清らかで美しいさま」とあり、その説明の前に括弧つきで「特に女性が」と注釈がついている。

　括弧入りでもあり、「特に」と明記してもあるので、こちらのほうは女性専用というわけではなさそうだ。

‘정숙한 여자아이’란 용법조차 일본어로서 자리 잡히지 않은 이유는 ‘여자아이’ ‘여자’라는 말의 어감이 ‘소녀’ 등과는 달리 ‘정숙함’ ‘속삭임’이라고 하는 그 언어적 영향에 반발하기 때문일 것이다.

여고생 정도가 경계선으로 이 말의 적용범위는 성인여자에 거의 한정되어 있는 느낌이 있기 때문일 것이다.

‘정숙한 남편(貞淑な夫)’과 같은 표현을 하면 대부분의 사람들은 이상한 표정을 짓는다.

일본어의 사용법을 모른다고 생각하기 때문일 것이다.

‘독실(篤實)’이라던가 ‘정직하고 성실함. 올곧음(実直)’이라는 단어와는 달리 ‘정숙(貞淑)’이라는 말 속에는 ‘남편(夫)’에게는 있을 수 없는 의미가 포함되어 있다.

시험 삼아 가까이 있는 국어사전을 찾아보니 ‘여자의 지조가 깊고, 정숙한 것’이라는 설명을 하고 있다.

지조가 깊다는 것 만이라면 남자라도 상관이 없지만 그 앞에 ‘여자의’라고 분명히 알려두었기 때문에 ‘남편(夫)’에게는 사용할 수 없게 된다.

이를 차별이라고 하는 견해도 있을지도 모르지만 어쨌든 사전을 신용하는 한 아직 여성전용의 말일 것이다.

그러면 ‘청초함’이라는 말은 어떨까.

이것도 국어사전을 찾아 확인해보니, ‘꾸밈이 없고 청아하며(깨끗하며) 아름다운 모습’으로 되어 있고 그 설명 전에 괄호가 붙어서 ‘특히 여성이’라고 주석이 달려 있다.

괄호가 붙어 있기도 하고 ‘특히’라고 명기되어 있어 이것은 여성전용은 아닌 것 같다.

「清楚な感じのする紳士」などと使っても間違いではないことになる。

「楚々とした」の「楚々」の項にも、「主に若い女性の」という説明がついているが、これも括弧入りで、しかも「主に」と断ってあるので、例えば「楚々とした感じの青年」などとも使えないわけではないことになる。

しかし、一般に冒険嫌いで慎重であるはずの国語辞典にさえ、このように「特に女性が」とか「主に若い女性が」とかといった注釈がつくということは、どちらの語も、「貞淑」ほどではないにしろ、かなり女性的な感じが強いことを示す。

ことばの意味として性別が限定されているわけではないが、そういう語感のしみついたこれらのことばで形容されると、その人物になんとなく女性的な雰囲気がただようことは避けられない。

「清楚なおやじ」とか「楚々とした野郎」とかといった言い方が滑稽な感じをともなうのはそのためである。

1.2. 女性語

1.2.1. 女性語とは

日本語は文法的な性の差は存在しないが、表現上では女性語が発達していると言えるだろう。

一般的に男性語の場合は、自己主張が強く支配的であり、権威を持とうとする傾向があるが、女性語の場合は、やわらかくて協助的

'청초한 느낌이 드는 신사'라고 사용해도 틀린 것은 아니게 된다.

'맑고 아름다운'의 '초초(청초)'의 항에도 '주로 젊은 여성의'라는 설명이 붙어 있지만, 이것도 괄호 속에 있는 것으로 게다가 '주로'라고 양해를 구하고 있기 때문에 예를 들어 '맑고 아름다운 느낌의 청년' 등도 사용할 수 없는 것은 아니게 된다.

그러나 일반적으로 모험을 싫어하고 신중한 국어사전에조차 이처럼 '특히 여성이'라든가 '주로 젊은 여성이'라든가 하는 주석이 달려 있다고 하는 것은 어느 쪽도 '정숙함'만큼은 아니더라도, 상당히 여성적인 느낌이 강한 것을 나타낸다.

말의 의미로서 성별이 한정되어 있는 것은 아니지만 그러한 어감이 배인 말로 형용되면 그 인물에게 어딘지 모르게 여성적인 분위기가 감도는 것은 피할 수 없다.

'청초한 아버지'라든가 '맑고 아름다운 녀석'이라든가 하는 표현이 우스꽝스러운 느낌을 동반하는 것은 그 때문이다.

1.2. 여성어

1.2.1. 여성어

일본어는 문법적인 성(性)의 차는 존재하지 않지만, 표현상에서는 여성어가 발달해 있다고 할 수 있다.

일반적으로 남성어의 경우, 자기주장이 강하고 지배적이며 권위를 지니려고 하는 경향이 있으나, 여성어의 경우는 부드럽고 협조적이며

で婉曲な表現を好み、反復形が多いと見られる。

　結局女性語とは、おのおのの個人差による、表現上の趣向の差及び聞き手に対する配慮による差にほかならないと言っても過言ではあるまい。

　例えば、言い訳をしなければならない場合の男性語と女性語の表現に表われる差を見ると、次のようである。

　女性は例文のように自らをゆずったり相手の都合や意志を優先させる表現を使っている。

　　　ちょっと都合が悪いので……
　　　急用ができたから……
　　　その日はどうもだめなので……

　あるいは、頼む時の表現でも相手の負担を軽くしようと努力する表現を使っている。

　　　たいへん勝手ばかり言うようですが……
　　　もしご無理でなければ……
　　　もしご迷惑でなかったら……
　　　もしだめならいいけど……

　反面、男性は次の例文のように、言い訳をする時や頼む時に、積極的な表現を使っている。

　　　法事に出席しなければいけないから……
　　　家庭教師の子が急に試験だから……

완곡한 표현을 선호하고, 반복형이 많은 것으로 보인다.

결국 여성어란 각기 개인차에 의한 표현상 취향의 차이 및 듣는 이에 대한 배려에 의한 차이에 지나지 않는다고 해도 과언이 아닐 것이다.

예를 들어 변명을 해야만 하는 경우 남성어와 여성어의 표현에서 나타나는 차이를 보면 다음과 같다.

여성은 예문처럼 스스로 양보하거나 상대의 사정이나 의지를 우선시하는 표현을 사용하고 있다.

조금 형편이 안 좋아서……
급한 일이 생겨서……
그날은 아무래도 안되기 때문에……

또는 부탁 할 때의 표현이라도 상대의 부담을 가볍게 하려고 노력하는 표현을 쓰고 있다.

너무 제멋대로만 얘기 하는 것 같지만……
만약 무리가 아니시라면……
만약 폐가 안 된다면……
만약 안 되는 거면 괜찮지만……

반면, 남성은 다음의 예문처럼 변명을 할 때와 부탁할 때에 적극적인 표현을 사용하고 있다.

법회(法事)에 출석하지 않으면 안되어서……
과외 하는 애가 갑자기 시험이라서……

おじが倒れたから……
次は僕がなんとかするから……
今度ごちそうするから……
お願いだから……
頼むから……

　しかし、最近は男女差がしだいに減りつつある傾向であって、次のような会話は男女ともに使う例文である。

明日来る?
ううん、来ない。
あさっては?
あさっては来るけど、何か用?

　一方、やはり次のような例文は女性なら使わないはずの、男性語的な表現がまだ存在しているのである。

早く来いよ。
あれ、カギだ。
前田のか。
いや、違う。
たぶん田中のだろう。
持って行ってやれよ。
うん、じゃ僕が預かっておこう。
次の会議、何分からだい?
3時からだ。

아저씨가 쓰러져서……
다음엔 제가 어떻게든 할 테니까……
다음에 한 턱 낼 테니까……
부탁이니까……
부탁하니까……

그러나, 최근은 남녀차가 점차 줄어들고 있는 경향이 있으며, 다음과 같은 회화는 남녀 모두가 사용하는 예문이다.

내일 와?
아니, 안 와.
모레는?
모레는 오지만, 무슨 일?

한편, 역시 다음과 같은 예문에는 여성이라면 사용하지 않을 남성어 적인 표현이 아직 존재하고 있다.

빨리 와라.
저거, 열쇠다.
마에다(前田) 것인가.
아니, 틀려.
아마 다나카(田中) 것이겠지.
갖다 줘라.
응, 그럼 내가 맡아둘게.
다음 회의, 몇분부터야?
3시부터야.

　なぜ、女性は男性よりもっとやわらかくて丁重に、婉曲で曖昧な表現を好むのだろうか。

　日本の社会において男女の言語行動の差がいちじるしく見られるということは、社会的な応援があるためなのではなかろうかと思われる。

　言語行動における男女差の社会的な役割として相互心理的距離を作り、お互い調整する役割をになっているのであろう。

1.2.2. 一人称代名詞

1. 最近の東京の中学あたりでは、女の子が「あたし」という一人称を使わないで、「ぼく」というそうである。

　関西でも東京ほど固定化してはいないが、冗談でならやはり相當普及しているようであった。

　ただ中学では「ぼく」と言っていたこどもも、高校になれば「ぼく」を捨てるということも知った。

　すると東京では、それが本気になって、捨てないという程度の差なのだろうか。

〈어휘〉

婉曲(えんきょく)	みみっちい
~において~	ぶら下(さ)げる
距離(きょり)	調整(ちょうせい)

왜 여성은 남성보다 보다 부드럽고 정중하게, 완곡하면서도 애매한 표현을 선호하는 것인가.

일본사회에서 남녀 언어행동의 차이가 두드러지게 보이는 것은 사회적인 응원이 있기 때문이 아닐까 생각된다.

언어행동에 관한 남녀 차이의 사회적인 역할로서 상호심리적인 거리를 만들어, 서로 조정하는 역할을 맡고 있는 것이다.

1.2.2. 일인칭대명사

1. 최근 도쿄에 있는 중학교에서는 여자아이가 '아타시(あたし)'라는 1인칭을 사용하지 않고, '보쿠(ぼく)'라고 한다고 한다.

간사이에서도 도쿄만큼 고정된 것은 아니지만, 농담 등에서는 역시 상당히 보급되어 있는 듯 했다.

다만 중학교 때는 '보쿠(ぼく)'라고 하던 아이들도 고등학생이 되면 '보쿠(ぼく)'를 버린다는 것도 알게 되었다.

그럼 도쿄에서는 고등학생이 되어도 버리지 않는 정도의 차인 것일까.

〈어휘〉

완곡	쩨쩨하다, 인색하다
~에 있어서	늘어뜨리다, 매달다
거리	조정

　冗談と本気の間にはかなりのギャップがあるとは思うが、まるで関西に見られないことではないということを知った。

　次いで、「ぼく」と「あたし」というのは共通語の世界であって、方言では男女共通の一人称というのは大変多いのであって、何もびっくりしたことではないということであった。

　「おれ」とか「わし」とかいうことばは、いろいろな地方で男女にかかわらず使われていて、別におかしいことはまったくない。

　そこへ共通語的な意識の目を導入すれば、"『おれ』はやめて、『あたし』を使いましょ"というようなみみっちい発想になり下がってしまうが、ほんとうは男も女も「おれ」でしゃべている図柄はとてもあたたかい感じがあってなかなかよいものだ。

　さて、東京の女の子が、「ぼく」を使う理由は何なのか。NHKは彼女たちに面接していた。

　その結果の理由は、「あたし」などと言っていては男の子と一対一のつき合いができないという、至極まっとうで、しかもきびしい答えによって語られていた。

　「あたし」ということばは弱いものとしての女の立場を示すにはまことに都合のいいことばではあるが、対等に勉強し、対等に遊び、時には争うそんな暮らしでは、邪魔であることこの上ないであった。

2. 椅子にふん反り返っていた昔の社長族などは秘書を相手に「わしはだなあ」といった調子で話したかもしれないが、少なくとも現代の社長は「わたし」と言うのがむしろ普通だろう。

농담과 진심 사이에는 상당한 차이가 있다고는 생각하나 전혀 간사이에서 확인할 수 없는 것은 아니라는 걸 알았다.

이어서 '보쿠(ぼく)'와 '아타시(あたし)'란 표준어로, 방언에서는 남녀 공통의 일인칭이라는 것이 굉장히 많아, 조금도 놀랄 일이 아니라는 것이었다.

'오레(おれ)'라던지 '와시(わし)'라는 말은 여러 지방에서 남녀 상관 없이 쓰이고 있으며 특별히 이상한 것도 전혀 없다.

거기에 공통어적인 의식의 눈을 도입하면, " '오레(おれ)'는 쓰지 말고 '아타시(あたし)'를 씁시다."와 같은 인색한 발상으로 전락해버리나, 사실 남자든 여자든 '오레(おれ)'로 말하고 있는 모습은 매우 따뜻한 느낌이 있어 상당히 좋은 것이다.

그럼 도쿄 여자아이들이 '보쿠(ぼく)'를 쓰는 이유는 무엇일까? NHK 는 그녀들과 인터뷰를 하였다.

그 결과 '아타시(あたし)'라고 말하고 있으면 남자아이들과 대등하게 어울릴 수 없다는 지극히 진지하면서도 엄격한 이유였다.

'아타시(あたし)'라는 말은 약한 존재로서의 여성의 입장을 나타내기에는 더없이 좋은 말이겠지만, 대등하게 공부하며, 놀고, 때로는 경쟁하기도 하는 생활에서는 방해될 뿐이라는 것이다.

2. 의자에 앉아 거만한 태도를 취하던 옛날의 사장들은 비서를 상대로 "와시와다나아(わしはだなあ 나는 말야)"라는 어조로 말했을지도 모르지만 적어도 현대의 사장들은 '와타시(わたし)'라고 말하는 것이 오히려 일반적일 것이다.

　しかし、男も使うといっても、眼鏡の似合う博士じみた雰囲気の小学生は別にして、一般に子供は使わない。

　大人でも、家でくつろいでいるときにはあまり使わない。

　並の家庭で、亭主が座りなおして「わたしは」と話を切り出したら、そろそろ車を買い替えようとか、とりあえず別居してみないか、なんていうことを言い出すのではないかと、細君はどきっとするかもしれない。

　というふうに、女の「わたし」よりも無難に使える範囲が狭いので、条件によってはいくらか女性的な語感をともなうこともありそうだ。

　「わたし」はこのように微妙な点があるが、「あたし」となれば、問題なく女性のことばだと言っていい。

　それは、東京語で「おれ」と言えば男性だと思うのと変わらない。

　同様に、改まったほうの「わたくし」は男女共用だが、これも「あたくし」となれば、やはり女ことばという感じがきわめて強い。

〈어휘〉

すなわち	円満 (えんまん)
念(ねん)を押(お)す	における
傾(かたむ)ける	行(ゆ)きとどく
依然(いぜん)	仮に(かりに)
じみる	繊細(せんさい)
水を向ける(みずをむける)	艶っぽい(つやっぽい)

그러나 남자도 사용한다고 해도 안경이 어울리는 박사 같은 분위기의 초등학생은 별도로 하더라도 일반적으로 아이들은 사용하지 않는다.

어른이라도 집에서 느긋하게 있을 때에는 별로 사용하지 않는다.

보통 가정에서 남편이 자세를 바로 잡아 앉아서 "와타시와(私は, 저는)"라며 얘기를 꺼내면 슬슬 차를 바꿔볼까 라던가 일단 별거해보지 않겠느냐 등의 얘기를 꺼내는 것은 아닐까하고 부인은 가슴이 철렁할지도 모른다.

이와 같이 여자의 '와타시(わたし)'보다도 무난하게 사용할 수 있는 범위가 좁기 때문에 조건에 따라서는 다소 여성적인 어감을 수반하는 경우도 있다.

'와타시(わたし)'는 이와 같이 미묘한 점이 있지만, '아타시(あたし)'가 되면 문제없이 여성의 말이라고 해도 된다.

그것은 도쿄어로 '오레(おれ)'라고 말하면 남성이라고 생각하는 것과 다르지 않다.

똑같이 격식 차린 표현인 '와타구시(わたくし)'는 남녀공용이지만 이것도 '아타구시(あたくし)'가 되면 역시 여성적인 말이라는 느낌이 지극히 강하다.

〈어휘〉

즉, 이를테면	원만
다짐하다. 확인하다.	~의 경우에, ~에 있어서의
기울이다.	구석구석 미치다. 자상하다.
의연, 여전, 전과 다름이 없는 모양	가령, 만일, 임시로
~같아 보이다, ~처럼 되어가다	섬세
상대의 관심이 그리로 쏠리도록 유인하다	요염하다, 색정적이다

　昔は東京で女の人がよく使っていたが、このごろは小説で「あたくし」なんて書いても通用しないのではないかと言うのだ。

　たしかに、ほとんど聞かない。

　通用しないところまでは行っていないにしても、その感じはもう伝わらないだろう。

　「わ」と「あ」という一字の違いだが、作家永井龍男は、女性の会話で「わたくし」とすると、東京の感じが出ない、なんとなく田舎っぽくなる気がすると言う。

1.2.3. 文末表現

1. 日本語の文末表現、すなわち終助詞の場合は、男女のニュアンスを持つものが多い。

　男性が主に使う「~だぜ、~だぞ」等は自己主張や断定を強く表わす効果をもち、女性が主に使う「わ、のよ、わよ、かしら、だわよ」等は自己主張や断定をやわらかく円満にしてくれる感じを表わす。「頼むぞ」と言うと強く念を押す感じになり、「頼むわ」と言うと、ずっとやわらかい表現になる。

　ただし、「わ」が付く場合であっても、「よ」「ね」が後続せず、かつ下降のイントネーションで実現された場合、つまり「わ。↓」と実現された場合は、使用者はむしろ男性であろう。

옛날에는 도쿄에서 여자들이 자주 사용했는데 요즘은 소설에서 '아타구시(あたくし)'라고 써도 통용하지 않는 것은 아닐까.

확실히 거의 들리지 않는다.

통용하지 않는 것까지는 아니더라도 그 느낌은 더 이상 전해지지 않을 것이다.

'와(わ)'와 '아(あ)'라는 한 글자의 차이지만 작가 나가이 다쓰오는 여성의 회화에서 '와타구시(わたくし)'라고 하면 도쿄의 느낌이 나지 않고 어딘가 시골스러운 느낌이 든다고 한다.

1.2.3. 문말표현

1. 일본어의 문말 표현, 즉 종조사의 경우엔 남녀의 뉘앙스를 가진
   것이 많다.

남성이 주로 쓰는 '~だぜ, ~だぞ' 등은 자기주장이나 단정을 강하게 나타내는 효과를 가지며, 여성이 주로 쓰는 'わ, のよ, わよ, かしら、だわよ' 등은 자기주장이나 단정을 부드럽고 원만하게 해주는 느낌을 나타낸다.

'다노무조(頼むぞ)'라고 말하면 강하게 다짐하는 느낌이 되며, '다노무와(頼むわ)'라고 말하면 훨씬 부드러운 표현이 된다.

단 '와(わ)'가 붙는 경우라도 '요(よ)' '네(ね)'가 뒤에 붙지 않고, 동시에 하강 인토네이션인 경우, 요컨대 '와(わ)↓'로 표현한 경우 사용자는 오히려 남성일 것이다.

女性が主に使っている終助詞は次のようである。

　　ね、/かな、のかな/かしら、のかしら、なのかしら、かしらね/
　　なの、なのね、なのよ/の、のね、のよ、のよね、のにな/よ、
　　よね/わ、わね、わよ、
　　わよね/もの、ものね

　ただし、女性でも五十代以上になると男性語の方も使っているようである。男性が主に使う終助詞は次のようである。

　　ぞ/ぜ/よ/ね/さ/か、のか、かね、かな、のかな、のかね/な/も
　　の、もん、ものね

　その他の文末表現として「……じゃないですか↑」を男性が主に使っているのに対して、女性は「……じゃない↑」「……じゃないの↑」のようにし、終わりの部分を上昇イントネーションを付加する形式を使っている傾向を見せる。
　なお、女性語として次のような文末表現がある。

　　私は知りませんことよ。
　　何かお飲みになりまして?
　　お行きよ。お行きな。
　　まあ、行きとどきませんで。
　　いやだ、○○○さま。
　　本当でしたのね。
　　ずっと待ってたのよ。
　　あの、あたしたちが指名してもよろしいかしら。

여성이 주로 사용하는 종조사는 다음과 같다.

ね、/かな、のかな/かしら、のかしら、なのかしら、かしらね/
なの、なのね、なのよ/の、のね、のよ、のよね、のにな/よ、
よね/わ、わね、わよ、
わよね/もの、ものね

다만 여성도 오십대 이상이 되면 남성어도 사용하는 것 같다. 남성이 주로 사용하는 종조사는 다음과 같다.

ぞ/ぜ/よ/ね/さ/か、のか、かね、かな、のかな、のかね/な/も
の、もん、ものね

그 밖의 문장 끝부분 표현으로써 '~じゃないですか↑'를 남성이 주로 쓰는 데 비해, 여성은 '~じゃない↑' '~じゃないの↑'와 같이 끝부분을 상승 인토네이션을 붙이는 형식을 사용하는 경향을 보인다.
　덧붙여, 여성어로서 다음과 같은 문말 표현이 있다.

전 잘 모르는 걸요.
뭐 마시겠어요?
가세요. 가셔야죠.
어머, 자상하게 마음을 못 써줘(미안하다).
싫어요, ○○○씨
정말이었군요.
쭉 기다렸어요.
저, 저희들이 지명해도 좋을까요.

　　それは大変だったわね。
　　桜が満開にさいてるわよね。

　最近の若い女の子たちは誰に教わらなくとも、こうして日本語における女ことばのマイナスの面をよく知っていた。それは語尾に関しても同様であって、彼女たちの会話に耳を傾けていると、「するのよ」とか「ゆくわよ」とか誰も言っていない。
　まったく男の子と同じで「何言ってんだ」とか、「ぼくもするよぉ」という具合であった。
　さらに、「イタイ」とは言わないで「イテッ」と言うようであった。
　かつては女の子はくだけた会話の世界でも、「イタイ」と言い、男の子はまず [ai]という二重母韻を [e：]という一つの長音とし、次にそれを促音化するのであったが、今や女の子も「イテッ」というように言うらしい。

2. 最近は「だよ」という文末表現を愛用する女性が増えて、この
　　語形の男性らしい感じが薄れてきたが、「火事よ」のように名
　　詞に直接つく終助詞「よ」の用法は、依然として女性らしさを
　　堅持している。

　終助詞「よ」に関して言えば、「誰よ、そんな嘘ついたのは」とか、「今さら何を言うのよ」「どうして、そんなことするのよ」「休んでもいいのよ」とか、あるいは「高くてもいいわよ」とかといった使い方は、今でもきわめて女性的な感じがするし、「早くおいでなさ

그거 힘들었겠네.
벚꽃이 만개했네요.

요새 젊은 여자들은 누구에게 배우지 않아도 이렇게 일본어에 있어서 여자말의 마이너스적인 면을 잘 알고 있었다. 그것은 어미에 관해서도 마찬가지로 그녀들의 회화에 귀를 기울여보면, '스루노요(するのよ)'라든지 '유쿠와요(ゆくわよ)'라고는 아무도 하지 않는다.

완전히 남자아이와 마찬가지로 '나니잇텐다(何言ってんだ)'라든지 '보쿠모스루요(ぼくもするよぉ)'라는 식이다.

게다가 '이타이(イタイ)'라고 하지 않고 '이텟(イテッ)'라고 말하는 것 같다.

예전에는 여자아이는 허물없는 회화 세계에서도 '이타이(イタイ)'라고 말하고, 남자아이는 대체로 [ai]라는 이중모음을 [e :]라는 하나의 장음으로 하고, 다음에 그것을 촉음화하는 것이었으나 이제는 여성도 '이텟(イテッ)'과 같이 말하는 것 같다.

2. 최근에는 '다요(だよ)'라는 문말 표현을 애용하는 여성이 늘어 이어형의 남성다운 느낌이 옅어졌으나, '가지요(火事よ, 화재다)'와 같이 명사에 접속하는 종조사 '요(よ)'의 용법은 여전히 여성다움을 견지하고 있다.

종조사 '요(よ)'에 관해서 말하면 "누구야, 그런 거짓말을 한사람은(誰よ、そんな嘘ついたのは)"라던가 "새삼스레 무얼 말하는 거야(今さら何を言うのよ)" "어째서 그런 일을 하는 거야(どうして、そんなことするのよ)" "쉬어도 좋아(休んでもいいよ)"라던가, 혹은 "비싸도

いよ」「お願い、わたしの話聞いてよ」といった言い方も、かなり
女性的なにおいが残っていると言っていい。

　仮に澄んだ、か細い声であろうと、「おい、出かけるぜ」という
ことばを聞いたら、まず、たいていの日本人は男が出かけるもの
と思うだろう。

　「おい」という感動詞と、「ぜ」という終助詞に、圧倒的な男くささ
があるからだ。

　逆に、「あら、あたし、そんなこと言わないわ」ということばを
聞いたら、少々野太い声でも、ほとんどの日本人は、女の声だと思
い込む。

　案に相違して、それが男の姿だったりすると、気味が悪いだろう。

　「あら」という感動詞、「あたし」という代名詞、上昇調の「わ」と
いう終助詞から、意味の奥に女の体臭を嗅ぎ取るからである。

　3. 性別の語感の例をもう一つあげておこう。

　「かしらん」という文末表現は古風なひびきがあるだけで性別には
あまり関係がなさそうだが、「かしら」というといくらか女性的な
ひびきがある。

〈어휘〉

くだける	大(たい)そう
頻度(ひんど)	率直(そっちょく)
およぼす	吐息(といき)をつく

괜찮아(高くてもいいわよ)"라는 사용법은 지금도 지극히 여성적인 느낌이 들며 "빨리 와요(早くおいでなさいよ)" "부탁이야, 내 얘기 좀 들어줘(お願い、わたしの話聞いてよ)"라는 표현도 꽤 여성적인 느낌이 남아 있다고 해도 좋다.

가령 맑고 가냘픈 목소리로 "어이, 나가자구(おい、出かけるぜ)"라는 말을 들으면 아마도 대부분의 일본인은 남자가 나가려는 거구나라고 생각할 것이다.

'오이(おい)'라는 감탄사와 '제(ぜ)'라는 종조사에는 압도적인 남성다움이 있기 때문이다.

반대로 "어머, 나 그런 말 하지 않아(あら、あたし、そんなこと言わないわ)"라는 말을 들으면 다소 낮고 굵은 목소리라도 대부분의 일본인은 여자 목소리라고 생각한다.

생각과 달리 그것이 남자의 모습이거나 하면 기분이 언짢아질 것이다.

'아라(あら)'라는 감동사, '아타시(あたし)'라는 대명사, 상승조의 '와(わ)'라는 종조사로부터 의미 속에 여자의 체취를 알아차리기 때문이다.

3. 성별의 어감의 예를 하나 더 들어보자.

'가시랑(かしらん)'이라는 문말 표현은 고풍적이 여운이 있을 뿐

〈어휘〉

허물없다	무척, 대단히
빈도	솔직
미치게 하다. 끼치다.	한숨을 쉬다.

　しかしともかく、「ああ、腹が減った。早く飯を食おうよ」と言うのが男で、「ああ、おなかがすいた。早くご飯を食べましょう」と言うのが女だ、というほど今の世は単純にはいかない。

　若い元気のいい女の子は、「腹が減る」ぐらいのことばは平気で使うし、ちょっと興が乗って悪ぶらば、「飯を食う」程度のことばも口をついて出てくる。

　このように、ことばが何をさすかという論理的情報としての意味をくみとるとき、そういった表現の奥に、私たちはそのことばを使う人間の影をも同時に感じ取るのだ。

　ことばの形に映る話し手の影として、男性的・女性的という性別の違いを語感の一つとしてあげてみた。

1.2.5. 敬語体系

　日本語の敬語体系は尊敬語・謙譲語・丁寧語・美化語等に表われるが、全体的に見ると、女性の方が男性より敬語の使用頻度が高いと言えよう。

　地域別・年齢別から見ても差が見られるが、尊敬の場合、「どちらへいらっしゃいますか」と「どちらへ行かれますか」を比べてみたら、関西の方で男性が「行かれる」をよく使い、関東の方では女性が「いらっしゃる」とか「おいでになる」をよく使う傾向があるようである。

성별에는 별로 관계가 없어 보이지만 '가시라(かしら)'라고 말하면 다소 여성적인 여운이 있다.

그러나 어쨌든 "아아, 배고프다. 빨리 밥을 먹자구(ああ、腹が減った。무く飯を食おうよ)"라고 말하는 것이 남자이고 "아아, 배고파요. 빨리 밥 먹어요(ああ、おなかがすいた。はやくご飯を食べましょう)"라고 말하는 것이 여자라고 할 정도로 요즘 세상은 단순하지 않다.

젊고 활달한 여자아이는 '하라가 헤루(腹が減る)'정도의 말은 태연하게 사용하며, 조금 흥에 겨워 나쁜 사람처럼 굴면 '메시오 구우(飯を食う)'정도의 말도 무의식적으로 튀어나온다.

이와 같이 말이 무엇을 가리키는지의 논리적 의미를 헤아릴 때 그러한 표현 속에 우리들은 그 말을 사용하는 인간의 모습도 함께 느끼는 것이다.

말의 형태에 비치는 화자의 모습으로서 남성적·여성적이라고 하는 성별의 차이를 어감의 하나로써 들어보았다.

1.2.5. 경어체계

일본어의 경어체계는 존경어, 겸양어, 정중어, 미화어 등으로 표현되는데, 전체적으로 보면 여성이 남성보다 경어의 사용빈도가 높다고 말할 수 있다.

지역별, 연령별로 보아도 차이를 볼 수 있으나 존경의 경우 '어디로 가십니까?(どちらへいらっしゃいますか)'와 '어디로 가십니까?(どちちへ行かれますか)'를 비교해 보면 관서지역에서 남성이 '이카레루(行かれる)'를 흔히 쓰고, 관동지역에서는 여성이 '이랏샤루(いらっしゃる)'라든지 '오이데니나루(おいでになる)'를 자주 사용하는 경향이 있는 것 같다.

美化語の「お」は女房語の影響で女性の方に多く使われ、これが名詞だけでなく、他の品詞へまで影響をおよぼしたようである。

したがって「お……になる」「お……です」などの尊敬語は女性的な感じを与え、例えば「お好きですか、おいくつですか、お年は?……」などのような表現はやはり女性の方が多く使うようである。

1.2.6. 女性とことわざ

「女性」に関することわざは大そう多い。

大きなことわざ事典を繰ってみれば、三百以上もある。

嫁の姑の問題を扱ったのも多く、それらは、その人間関係のむずかしさを正直に物語っている。

そして目立って人の心に印象を与えるのは、女性に対する評価の性質である。

率直に言って、「このような目で女性は見られつづけてきたのか」と深い吐息をつくことわざが多い。

「女の思案は鼻の先」「女さかしゅうて牛売りそこなう」型は、女の能力を軽んじた。

「女の根性は蛇の下地」型は女の性のいやらしさを、「女が鍬をまたげば柄がくさる」型は、女は不浄な存在であることを、「女三人よれば富士の山でも言いくずす」型は、女のおしゃべりのすさまじさを、いかにも的確に物語っている。

そしてそうでない女もいるということを述べたことわざは一つとして存在せぬ。

미화어인 '오(お)'는 궁중여관어의 영향으로 여성들에게 많이 쓰이고 있으며, 이것이 명사뿐만 아니라 다른 품사에까지 영향을 끼친 것 같다.

따라서 'お……になる', 'お……です'등의 존경어는 여성적인 느낌을 준다. 예를 들어 'お好きですか, おいくつですか, お年は?……' 등과 같은 표현은 역시 여성이 많이 쓰는 듯하다.

1.2.6 여성과 속담

'여성'에 관련된 속담은 매우 많다.

커다란 속담 사전을 차례로 넘겨보면 3백 개 이상이나 나온다.

며느리와 시어머니의 문제를 다룬 것도 많으며, 그것들은 그 인간관계의 어려움을 솔직하게 말하고 있다.

그리고 눈에 띄게 사람의 마음에 인상을 주는 것은 여성에 관한 평가에 관한 것이다.

솔직하게 말해서 '이와 같은 눈으로 계속 여성을 보아 왔던 것인가'라고 깊은 한숨을 쉬게 하는 속담이 많다.

'여자의 생각은 눈앞의 일', '여자는 영리한 것 같아도 큰일은 해내지 못한다'와 같은 속담은 여성의 능력을 업신여겼다.

'여자의 마음은 뱀과 같다'는 속담은 여자의 본성이 추잡한 것을, '여자가 괭이에 걸터앉으면 손잡이가 썩는다'는 속담은 여성이 부정한 존재인 것을, '여자 셋이 모이면 말로 후지산도 무너뜨린다'는 속담은 여자들의 수다의 엄청남을, 자못 정확하게 이야기하고 있다.

그리고 그렇지 않은 여자도 있다고 이야기하는 속담은 하나도 존재하지 않는다.

　オナゴということばは今なお農村では生き生きと存在している。

　そしてこのオナゴということばは女蔑視のことわざをぞろぞろとひきつれている。

　なお、「地獄で仏」「地獄の沙汰も金次第」「地獄へも連れ」「地獄耳」何と地獄好きな日本人。

　そして次のようなことわざもある。

　　「女人は地獄の使い」

　女として喜んでいいのか怒っていいのか判断しかねるが、とにかくおもしろいではないか。

　狂言での地獄ゆきのさまざまの曲、落語の地獄八景のはなしなども一挙に思い出される。

　ほんとうの人間らしい人間は地獄の中にいるということだろうか。

　「女の知恵は鼻の先」「女の情（なさけ）に蛇（じゃ）が住む」
　「女の一念（いちねん）岩をも通す」
　「女は嫉妬（しっと）に大事をもらす」「女は己（おのれ）を愛する者のために容（かたち）づくる」等々。

〈어휘〉

思案(しあん)	下地(したじ)
輕(かろ)んずる	ひきつれる
蔑視(べっし)	すさましい

계집애(オナゴ)라는 말은 지금도 농촌에서 생생히 존재하고 있다.

그리고 이 계집애라는 말은 여성 멸시의 속담을 줄줄이 거느리고 있다.

또한 '지옥에서 부처님을 만난 것 같다', '지옥의 심판도 돈으로 좌우된다', '지옥까지도 함께', '한번 들으면 잊지 않음, 남의 소문을 재빨리 들음' 얼마나 지옥을 좋아하는 일본인인가.

그리고 다음과 같은 속담도 있다.

'여인은 지옥의 심부름꾼이다'

여자로서 기뻐해야 할지 화를 내야 할 지 판단하기 어렵지만 어쨌든 재미있지 않은가.

교겐의 지옥행에 관한 여러 가지 노래, 라쿠고의 지옥팔경의 이야기 등도 금방 떠오른다.

진정 인간다운 인간은 지옥 안에 있다는 것일까.

'여자의 지혜는 지금 당장의 일에만 쓰인다', '여자의 애정에는 꿍꿍이 속이 있다'

'여자는 집념이 강하다'

'여자는 질투로 중대사를 망친다', '여자는 자신을 사랑하는 사람을 위해 모습을 가꾼다' 등등.

〈어휘〉

생각, 걱정	본성, 성질, 밑바탕
얕보다, 업신여기다	거느리다
멸시	굉장하다, 섬뜩하다, 어처구니없다

取りつく島もない 　(とりつくしまもない)	不審(ふしん)
訊(き)く	勘定(かんじょう)
操(みさお)	小股(こまた)
あてる	かしこまる
恥をかく(はじをかく)	へりくだる
申し上げる(もうしあげる)	恐れ多い(おそれおおい)

1.2.7. 手紙文

1.「拝啓・・・草々」

　手紙を書きなれていない人でも、公式の場で書く手紙は「拝啓」から書き始めるということは知っている人も多いはず。そこで取引先などに手紙を書く場合、あらたまって「拝啓」から書き始めたのはいいが、終わり方まではよく知らないという人が案外多い。

　このときうろおぼえの知識で書いたりすると、あとで恥をかくことになる。

　手紙の冒頭を「拝啓」で始めておきながら、結びの文句を「草々」とするのがその典型だ。

　「拝啓」とは、「拝」の文字があることからもわかるように、「へりくだって申し上げます」という意味である。

말을 붙여 볼 수 없다	불심, 의심스러움, 수상함
묻다. 질문하다	셈, 계산
지조, 절개, 정조	가랑이, 보폭이 좁음
(편지 · 짐 등을) ～앞으로 보내다	(윗사람 앞에서) 황공해하다
창피를 당하다, 수치를 겪다	겸양하다, 상대를 높이고 자기를 낮추다
말씀드리다, 아뢰다, 여쭙다	황송하다. 송구스럽다

1.2.7. 편지문

1. '배계(拝啓, はいけい)··· 총총(草々, そうそう)'

편지를 잘 쓰지 않는 사람도 공식적인 장소에서 쓰는 편지에는 '배계 (拝啓, はいけい)'로 시작한다는 것을 알고 있는 사람이 많을 것이다. 그래서 거래처 등에 편지를 쓰는 경우, 격식을 차려 '배계(拝啓, はいけい)'로 시작한 것은 좋았는데 맺음말 부분에서는 어떻게 해야 할지 잘 모르겠다는 사람이 의외로 많다.

이런 때에 어정쩡한 지식으로 편지를 쓰거나 하면 나중에 창피를 당하게 된다.

편지의 첫머리를 '배계(拝啓, はいけい)'로 시작하면서 맺음말로 '총총 (草々, そうそう)'이라고 하는 것이 대표적인 예이다.

'배계(拝啓, はいけい)'란 '배(拝)'라는 한자를 쓴 것에서도 알 수 있 듯이 '(자신을 낮추어)말씀드립니다'라는 의미이다.

　いっぽう、「草々」の「草」には、「粗末」という意味がある。

　そのためこれは、「前略」で始まる文の結びの部分に、「急いで書いたため粗末な文になってしまいました」という意味でつかうものだ。

　つまり「拝啓・・・草々」で結ぶのは、相手に敬意を払い、へりくだって書いておきながら、急いでいるので簡単に書きました、と言っていることになるのだ。これでは書くほうの態度に一貫性がなくなってしまう。

　「拝啓」で書き始めた文は、「敬具」で結ぶのが手紙の場合の決まりだ。

　「敬具」とは、「以上、敬って申し上げました」という意味である。

　冒頭の「拝啓」でへりくだっているのだから、これなら始まりと終わりのバランスがとれた正しい手紙の文章となる。

　つまり、

　　「拝啓・・・敬具」
　　「前略・・・草々」

の組み合わせとおぼえておこう。

　2.「かしこ」

　手紙には女性特有の表現がある。

한편, '총총(草々,そうそう)'의 '초(草)'에는 '허술함, 변변치 못함'이라는 의미가 있다.

이 때문에 '총총(草々,そうそう)'은 '전략(前略,ぜんりゃく)'으로 시작하는 글의 끝맺음 부분에 '서둘러서 편지를 썼기 때문에 허술한 글이 되어버렸습니다'라는 의미로 사용하는 말이다.

즉, '배계(拜啓, はいけい)··· 총총(草々, そうそう)'으로 묶는 것은 상대방에게 경의를 표하고자 자신을 낮추어 편지를 쓰면서 서둘러야 하기 때문에 간단하게 썼습니다라고 말하고 있는 것이다. 이러면 편지를 쓰는 사람의 태도에 일관성이 없어져 버린다.

'배계(拜啓, はいけい)'로 시작하는 글은 '경구(敬具,けいぐ)'로 끝맺는 것이 일반적이다.

'경구(敬具,けいぐ)'란 '이상 (존경을 담아) 말씀 드렸습니다'라는 의미이다.

첫머리의 '배계(拜啓, はいけい)'로 자신을 낮추고 있기 때문에 '경구(敬具,けいぐ)'는 시작과 끝의 균형이 잡힌 올바른 편지글이 된다.

즉,

　　배계(拜啓, はいけい)··· 경구(敬具, けいぐ)
　　전략(前略, ぜんりゃく)··· 총총(草々, そうそう)

의 조합이라고 기억해두자.

2. 가시코(かしこ)
편지에는 여성 특유의 표현이 있다.

　結語の「かしこ」や「あらあらかしこ」などがそれで、女性なら「敬具」や「草々」のかわりに「かしこ」をつかってもいいことになっている。

　「かしこ」は恐れ多いの意味で、「恐れ多いことに、以上のことを申し上げました」というわけである。

　ただし、この「かしこ」は私信にしかつかえない。

　公のビジネス文書では、いくら女性が書いたからといって「かしこ」はつかえないのだ。

　ビジネス文書での結語は、たとえ女性が書いたものでも「敬具」か「草々」などをつかうのが常識である。

　3.「とり急ぎお返事まで」
　とりあえず手紙で返事だけはしておこうというとき、手紙の最後に、

　　「とり急ぎお返事まで」

と書くことが多い。

　しかし、このとき迷うのが、「お返事」か、「ご(御)返事」か、ということである。

　どちらも「返事」を丁寧にいった言葉だが、たとえば「電話」なら、「お電話」とはいっても「ご電話」とはいわないから迷いようがないが、「返事」の場合は「お返事」も「ご返事」もつかう。

　そして、「お」と「ご」では、微妙にニュアンスがちがうのだ。

　一般に「お返事」は女性が使うことが多く、「ご返事」よりくだけた親しみやすい言い方とされている。

맺음말인 '가시코(かしこ)'나 '아라아라가시코(あらあらかしこ)'등
이 그것으로, 여성이라면 '경구(敬具,けいぐ)'나 '총총(草々,そうそう)'
대신에 '가시코(かしこ)'를 사용해도 괜찮다.

'가시코(かしこ)'는 송구스럽다는 의미로, '송구스럽게도 이상의 내
용을 말씀 드렸습니다'라는 것이다.

단, 이 '가시코(かしこ)'는 개인적인 편지에 밖에 사용할 수 없다.

공식적인 업무상의 문서에서는 아무리 여성이 쓴 것이라 해도 '가시
코(かしこ)'는 사용할 수 없다.

비지니스 문서의 맺음말은 설령 여성이 쓴 것이라 해도 '경구(敬具,
けいぐ)'나 '총총(草々, そうそう)'등을 사용하는 것이 상식이다.

3. 우선 급한 대로 답장을 올립니다

일단 편지로 답장만이라도 해 두고자 할 때, 편지 끝에,

　　"우선 급한대로 답장(오헨지)을 올립니다."

라고 쓰는 경우가 많다.

그러나 이 때 헷갈리는 것이 '오헨지(お返事)'인가 '고헨지(ご返事)'인
가 하는 것이다.

양쪽 다 '헨지(返事)'를 정중하게 한 말이나 일례로 '뎅와(電話)'라면
'오뎅와(お電話)'라고는 해도 '고뎅와(ご電話)'라고는 하지 않으니 헷
갈릴 수 없지만 '헨지(返事)'의 경우엔 '오헨지(お返事)'도 '고헨지(ご
返事)'도 다 쓰인다.

그리고 '오(お)'와 '고(ご)'는 미묘하게 뉘앙스가 다르다.

일반적으로 '오헨지(お返事)'는 여성이 쓰는 일이 많으며 '고헨지

　いっぽう、「ご返事」は男性が使うことが多く、「お返事」よりは
あらたまった言い方になる。
　したがって、公用文やビジネスレターなどでは、「ご返事」のほ
うが自然。
　女性でも社会を代表して書く場合は、

　「とり急ぎご返事まで」

としたほうが無難である。

1.3. 歌と女性

　日本で大衆的に歌われる歌、即ち、歌謡曲とか、演歌とかいうた
ぐいの歌の中で、女性たちはいかに描かれているだろうか。
　なお、よく歌われる歌の内容は、歌い、聞く人の心にどのように
影響していることだろう。
　教科書などに出てくる女性の姿などが問題になるような意味合い
では、やはり強烈に何ほどかの影響を人々に与えているのではなか
ろうか。
　うたの中の女性のようにというのは、日本の男女いずれを問わず、
一種のパタン形成を行うのではなかろうか。
　大晦日の夜、多くの家々の茶の間では、紅白歌合戦を聞いている。
　ある一定の日時に、日本中の多くの家庭が、、同じうたを聞いて、
同じイメージを持たされているのである。

(ご返事)'보다 스스럼없고 친해지기 쉬운 말투라 여겨진다.

한편, '고헨지(ご返事)'는 남성이 쓰는 일이 많으며 '오헨지(お返事)'보다 격식을 차린 말이다.

따라서 공용문서나 비즈니스문서에서는 '고헨지(ご返事)'쪽이 자연스럽다.

여성이라도 회사를 대표해 쓸 때는

"우선 급한대로 답장(ご返事)을 올립니다."

라고 하는 것이 무난하다.

1.3. 노래와 여성

일본에서 대중적으로 불리는 노래, 즉 가요곡이나 엔카(演歌)에서는 여성들이 어떻게 그려지고 있는가.

또한 자주 불리우는 노래의 내용은 노래를 부르고 듣는 사람의 마음에 어떠한 영향을 미치고 있는 것일까.

교과서 등에 나오는 여성의 모습 등이 문제가 되는 것 처럼, 노래 역시 어느 정도 강렬한 영향을 사람들에게 주고 있는 것은 아닐까.

노래 속 여성처럼이라는 것은 일본의 모든 남녀를 불문하고 일종의 패턴을 형성하는 것이 아닐까.

섣달 그믐날, 많은 집들의 거실에서는 홍백 노래 대항전을 듣고있다.

어느 일정한 시간에 일본의 많은 가정이 같은 노래를 듣고 같은 이미지를 갖게 되는 것이다.

滑稽でもあればいささか恐ろしいことでもある。

〈어휘〉

意味合い(いみあい)	大晦日(おおみそか)
いささか	どんでんがえし
たそがれ	昼(ひる)さがり

1.3.1. 歌の環境

　資料は市販の歌集、歌謡曲、演歌、フォークソング、小数の翻訳シャンソン等のあれこれを使用し、二つの観点から考察を行った。

　一つは、まともに歌の中の女たちの状況をあれこれの方面で考えること、同時に、その女たちの世界と深くかかわるであろうが、歌の環境のようなものを考えることであった。

　1. 歌の中の行動 ― 愛、恋、別れ、待つ、恨む、悶える、捨てる、耐える、泣く……
　2. 歌の 中の自然 ― 雨、星、月、朝露、霧、山、海、湖……
　3. 歌の中の道具立て ― 船、酒、灯、花、ギター……
　4. 歌の中の人間のとらえ方 ― 僕、わたし、俺、お前、あいつ、あの人、女、男、お兄さん……
　5. 歌の中のからだ ―(上半身に集中、特に顔)、瞳、唇、まつげ、髪……

익살스러움도 있는가하면 다소 염려스러운 것도 있다.

〈어휘〉

의미, 뜻, 의도, 내용	섣달 그믐날
조금, 다소	처지·정세 등이 완전히 역전됨
황혼, 해질 무렵	정오가 좀 지난 무렵 (오후 2시경)

1.3.1. 노래의 환경

자료는 시판되는 가집(歌集), 가요곡, 엔카, 포크송, 소수의 번안 샹송 등을 사용하여 두 개의 관점으로부터 고찰하였다.

하나는 노래 속 여성들의 상황을 여러가지 방면에서 생각하는 것, 동시에 그 여성들의 세계와 깊게 연관되어 있는지, 노래의 환경 등을 생각하는 것이다.

1. 노래 속의 행동 ― 사랑, 연애, 헤어짐, 기다리다, 원망하다, 괴로워하다, 버리다, 견디다, 울다……
2. 노래 속의 자연 ― 비, 별, 달, 아침 이슬, 안개, 산, 바다, 호수……
3. 노래 속의 도구 준비 ― 배(船), 술, 등불, 꽃, 기타(guitar)……
4. 노래 속의 인칭대명사 ― 나(보쿠, 와타시, 오레), 너, 그 녀석, 그 사람, 여자, 남자, 오빠……
5. 노래 속의 신체 ― (상반신에 집중, 특히 얼굴), 눈동자, 입술, 속눈썹, 머리카락……

6. 歌の中の状態、場面 — サヨナラ、火の中、人生、世間、どんでんがえし、浮世、風まかせ、うす情、気まぐれ……
7. 歌の中の形容詞 — はかない、さびしい、悲しい、かわいい、浮気な、荒くれ……
8. 歌の中のとき — 春、朝、夜、一夜、明日、昼さがり、たそがれ……
9. 歌の中の場所 — 港、波止場、故郷、街、駅、道、教会、酒場、さいはて、北の国、アルプス……
10. 歌の中の仕事 — マドロス、船頭、サンドイッチマン、流れ者、歌ながし、やくざ、幸せ売り……
11. 歌の中の心情 — 思い出、なげき、乱れ心、うす情、仁義、根性、義理、まぼろし、女のみち……

〈어휘〉

膳立て(ぜんだて)	
まぼろし	呼称(こしょう)
了承(りょうしょう)	愚痴(ぐち)

1.3.2. 女性の行動

さて、歌の中に見られる女たちの身上調査書は、次のような結果になった。

その分類にいささか無理があったり、呼称が適当でないかも知れないが、具体例を見れば、何となく了承できるものがあるのではなかろうか。

6. 노래 속의 상황, 장면 ― 이별, 힘든 처지, 인생, 세상, 역전, 덧없는 세상, 바람 부는대로, 박정, 변덕……
7. 노래 속의 형용사 ― 덧없다, 쓸쓸하다, 슬프다, 귀엽다, 변덕스럽다, 난폭하다……
8. 노래 속의 시간 ― 봄, 아침, 밤, 하룻밤, 내일, 정오가 좀 지난 무렵, 해질 무렵……
9. 노래 속의 장소 - 항구, 부두, 고향, 거리, 역, 길, 교회, 술집, 땅끝, 북쪽 나라, 알프스……
10. 노래 속의 직업 ― 선원, 뱃사공, 광고판을 몸 앞뒤로 달고 다니며 광고하는 사람, 떠돌이, 떠돌아다니며 노래하는 사람, 야쿠자, 행복을 파는 사람
11. 노래 속의 심정 ― 추억, 비탄, 혼란스런 마음, 박정, 인의, 근성, 의리, 환상, 여자의 도리……

〈어휘〉

어떤 일을 곧 착수할 수 있도록 준비함, 또는 그 준비	
환상, 환영	호칭
승낙, 납득, 양해	푸념, 어리석고 못남

1.3.2 여성의 행동

그런데, 노래 속에서 살펴본 여성들의 행동 양태는 다음과 같다. 그 분류에 약간 무리가 있거나, 호칭이 적당하지 않을지도 모르나 구체적인 예를 보면 어떻게든 납득할 수 있는 것이 있지 않을까.

イ．胸にしみる、傷つく、心を捧げる、嫁にゆく、心の港になる、
おはなしみたいに二人は恋をする、二度と帰らない、泣いて一
生暮らす、側に居る、花を摘む、顔をそむける、見送る、手を
ふる、傘もささず、酔さめてあの人思う、祈る、つくす、心が
わりに耐える、悲しむ、泣く(泣いて狂う)、恋に(おぼれる、恋
にすがる、恋の予感する)、抱きあう、願いをかける、知らな
いふりをする、男のもとに飛びこむ、惚れる、苦労する。

ロ．惚れる、投げキッス、追憶を招く、追憶をすてる、あなたを憎
む、真心をつくす、傷つく、男を溺らせる、心をまどわす、
愚痴を言わない、いじらしい笑顔を作る、無理を言って困らせ
る、忍び逢う、放さない、泣く(しのび泣く、むせび泣く、すす
り泣く、泣きじゃくる)、めそめそする、すがる、馬鹿をみる、
踊りつづける、うらむ、散る、愛されきれない、男の小指を
口にくわえる、傷つき汚れる、夜に咲く、身をやく、溜息を
つく、肩で呼吸する、あきらめる、愛し苦しむ、あなたにあげ
る、夜に育つ、目かげに育つ、花かごを抱く嫁ぐ(とつぐ)、
うずくまる。

ハ．髪を切る、あなたのために白いベストをあみかける、お人形を
抱きよせる、あなたの肩を追いかけながら思う、嫁ぐ、逢う、
胸に飛びこむ、愛のかけら一つ抱く、別れまいとする、子供み
たいにはしゃぐ、雪化粧、熱い口づけ、ふるえる、うつむく、
腕を抱く、迎えいれる、ふる(男を)、肩よせる、すべてをかけ
る、膝枕をさせる、こわくてかくれる、ほほえむ、小首かし
げる、なげく、泣く、鏡の自分に言う、うずくまっている。

イ. 가슴에 사무치다, 상처 입다, 마음을 바치다. 시집가다, 마음의 항구
가 되다, 이야기처럼 두 사람은 사랑을 한다. 두 번 다시 안 돌아간
다, 울며 평생을 산다, 곁에 있다. 꽃을 따다, 얼굴을 외면하다, 배웅
하다, 손을 흔들다, 우산도 쓰지 않고, 술에서 깨어 그 사람을 생각
한다, 기원하다, 다 바치다, 변심에 견딘다, 슬퍼하다, 울다(울다 미
치다), 사랑에(빠지다, 사랑에 의지하다, 사랑을 예감하다), 서로 껴
안다, 소원을 빌다, 모른 척 하다. 남자 품으로 뛰어들다, 반하다,
고생하다.

ロ. 반하다, 키스를 날림, 추억을 부르다, 추억을 버리다, 당신을 미워하
다, 진심을 다하다, 상처 입다, 남자를 빠져들게 하다, 마음을 현혹
시키다, 푸념을 하지 않다, 안쓰러운 미소를 짓는다, 무리한 말로
곤란하게 만들다, 밀회하다, 놓지 않다, 울다(몰래 울다, 흐느끼며
울다, 훌쩍이며 울다, 흐느껴 울다), 훌쩍훌쩍거리다, 매달리다, 어
처구니 없는 꼴을 당하다, 계속 춤추다, 원망하다, (꽃이) 지다, 사랑
받지 못하다, 남자의 새끼손가락을 입에 물다, 상처받아 더러워지
다, 밤에 피다, 몸을 태우다, 한숨을 쉬다, 어깨로 가쁜 숨을 쉰다,
단념하다, 사랑하며 괴로워하다, 당신에게 주다, 밤에 자라다, 애지
중지 자라다, 꽃바구니를 안다, 시집가다, 웅크리다, 쪼그리고 앉다.

ハ. 머리를 자르다, 당신을 위해 흰 조끼를 짜기 시작하다, 인형을 끌어
안다, 당신의 어깨를 뒤쫓으며 생각하다, 시집가다, 만나다, 가슴에
뛰어들다, 사랑의 파편 하나를 안다, 헤어지지 않으려 한다. 아이처
럼 재잘댄다, 눈으로 새하얗게 덮임, 뜨거운 입맞춤, 떨다, 고개를
숙이다, 팔을 껴안다, 맞아들이다, 차다(남자를), 어깨를 기대다, 모
든 걸 걸다, 무릎베개를 시킨다, 무서워 숨다, 미소짓다, 고개를 갸
우뚱하다, 한탄하다, 울다, 거울의 자신에게 말한다, 웅크리고 있다.

ニ。お嫁にゆく、男心を迷わせる、ながしめを使う(女→男)。

これらはまさしく予想通りである。

うたの種類を問わず、もろもろのうたの中で女は愛と恋の世界に生き、ほとんど男にくっついて、しかも一歩退いた位置を取りたがる。

これらを見て、これらの行動の主体が男でなく、女であることは、主語を省いても一目瞭然である。

日本の女のすることが綿々とうたわれている。

もちろん、実際の状況とは、時にはまるで違うであろう。

しかし、期待される日本の女は、このようにふるまわされている。

なんというマイナーの世界であろうか。

これは次の項目とからめ合わせるとき、もっと問題のありかが明白になろう。

1.3.3. 女性の主体性喪失

イ．あわせてくれたあのひと、泣けてくる、待つ、待ちぼうけ、人待ち顔、めぐりあえる、甘える、おねだりする、退屈すぎる毎日、耐えている、捨てられる、愛される、名前を聞かれる、抱かれる、声をかけられる、花束を捧げられる、あなたしだい、あなたに合わせる、あなたが生きがい、あなたのまねする、男のもの。

二. 시집가다, 남자마음을 홀리다, 곁눈질을 하다(여자→남자).

이것은 확실히 예상한 그대로이다.

노래의 종류를 불문하고, 여러가지 노래 속에서 여자는 사랑과 연애의 세계에 살며 대개 남자에게 붙어있고 특히 한발 물러난 위치에 서고 싶어 한다.

이것을 보아 이러한 행동 주체가 남자가 아니라 여자인 것은 주어를 생략해도 일목요연하다.

이렇듯 일본여자의 행동은 일일히 노래되고 있다.

물론, 실제 상황과는 때로는 완전히 다를 것이다.

그러나 일본여자의 기대상은 이렇게 정의되고 있다.

이 얼마나 마이너적인 세계인가.

이것은 다음의 항목과 서로 관련지어 볼 때 더욱 문제의 소재가 명백해 질 것이다.

1.3.3. 여성의 주체성 상실

イ. 만나게 해 준 그 사람, (저절로) 눈물이 나오다, 기다리다, 기다리는 사람이 끝내 오지 않음, 사람을 기다리는 듯한 표정, 우연히 만나지다, 응석부리다, 보채다, 너무 지루한 매일, 참고 있다, 버려지다, 사랑받다, 이름을 질문 받다, 안기다, 말을 걸어오다, 꽃다발을 받다, 당신 하기 나름, 당신에게 맞추다, 당신이 사는 보람, 당신을 흉내 내다, 남자의 것.

ロ．傷つけられる、遠いふるさとにおかれる、裏切られる、だまさ
　　れる、叱られる、捨てられる、守られる、いじめられる、（男
　　にからだを）張られる、抱かれる、待ちわびる、男の枕にされ
　　る、口づけをうける、こわれてくじける妻人形、いとしいひ
　　と、あなた一人がいのち、甘える、ついてゆく、死んでいい、
　　あなたしだい、一人じゃ生きてゆけない、男の愛があればこ
　　そ、すがりつく、あげてもいい、身をひく、

ハ．待つ、すがりつく、人形のようにして下さい、ついてゆく、籠
　　の鳥、抱かれる、抱きしめられる、冷たくされる、（あなたの
　　愛がまことなら）ただそれだけでいい、やさしくされて泣いて
　　しまう、あなたが私を変えてしまう、あなたの足音、ためらう私

ニ．待つ、さからえない、恋をうちあけられる。

ホ．私ダメね、弱い女、弱い女心、バカな女、危うい女、いけない
　　娘、うぶな私、あなたを殺して私も死ぬ、ダメよ、どうせ! 女
　　なんだもの。

〈語彙〉

くっつく	退く(しりぞく)
ありか	籠の鳥(かごのとり)
裏切る(うらぎる)	ねだる

ㅁ. 상처받다, 먼 고향에 남겨지다, 배반당하다, 속다, 꾸중 듣다, 버려
   지다, 보호받다, 괴롭힘 당하다, (남자에게 몸을) 덮침 당하다, 안기
   다, 애타게 기다리다, 남자의 베개가 되다, 입맞춤을 받다, 고장 나
   고 꺾인 아내 인형, 사랑스런 사람, 당신 한사람이 (자신의) 생명,
   응석부리다, 따르다, 죽어도 좋다, 당신 하기 나름, 혼자선 살 수
   없다, 남자의 사랑이 있기 때문에, 매달리다, 주어도 좋다, 물러서
   다.

ㅅ. 기다리다, 매달리다, 인형처럼 만들어 주세요, 따라가다, 새장 속의
   새, 안기다, 꽉 끌어안기다, 냉담하게 되다, (당신의 사랑이 진심이
   라면)오직 그것만으로도 족하다, 상냥하게 대해줘서 울어버리다,
   당신이 나를 바꾸어 버린다, 당신의 발소리, 망설이는 나.

ㄴ. 기다리다, 거스를 수 없다, 사랑을 고백할 수 있다, 사랑을 고백
   받다.

ㅎ. 나는 안 돼, 약한 여자, 약한 여심, 바보 같은 여자, 위태로운 여자,
   가망 없는 여자, 순진한 나, 당신을 죽이고 나도 죽겠다, 안 돼, 어
   차피! 여자인 걸.

〈어휘〉

달라붙다, 들러붙다	물러나다
소재	새장에 갇힌 새, 속박당한 몸
배반하다	보채다

ヘ．こんな女でよかったら、しょせん女はトゲ持つ花、女は女、泣
き虫、流れの花、ぬれて傷つく紅椿、バカな女、あなたがい
なけりゃ私はダメ、きれいなバラにとげがある、たかがひと
りの女、女ですものだめよだめだめ、言ってもムダ、しょせん
は女、本気にするなんてバカネ、忘れましょうよ今日かぎり、
男なんてさ女なんてさ、バカみたい(男の心残りが)。

ド．わたしのおろかさ、女なんてだれのせいよ!

このようなことばで描かれる女の何というはかなさ。
　これだけ集められると、問題のありかは非常にはっきりする。
　女の行動の世界では、そのほとんどが待ったり泣いたりする形で
恋をしている。そしてその愛は、みずから愛することを考えず、愛
されるばかりを望んでいる。フォークにはこの種類のことばがない
のがおもしろい。ゆきつくところまで行っていない感があって、そ
こに一種のフォークの若さを感じることができる。

〈어휘〉

さからう	色(いろ)っぽい
あかぬけ	あですがた
捧(ささ)げる	わがまま

ヘ. 이런 여자라도 괜찮다면, 어차피 여자는 가시를 가진 꽃, 여자는 여자, 울보, 떠도는 꽃, 젖어 상처 입는 빨간 동백, 바보 같은 여자, 당신이 없으면 나는 안돼, 아름다운 장미에 가시가 있다, 기껏해야 한사람인 여자, 여자인걸요. 안 돼요 안 돼 안 돼, 말해도 소용없어, 어차피 여자, 곧이듣다니 바보네, 잊어요. 오늘만은, 남자거나 여자거나, 바보 같아(남자의 미련이).

ト. 나의 어리석음, 여자라는 게 누구의 탓이야!

이러한 말에서 묘사된 여자는 얼마나 허무한 존재인가.

이 정도로 자료를 모으니 문제의 소재는 매우 확실해 진다.

여자는 그 대부분이 기다리거나 울거나 하는 방식으로 사랑을 하고 있다. 그리고 그 사랑은 스스로 사랑하기 보다는 사랑 받기만을 바라고 있다. 포크송에는 이런 종류의 말이 없는 것이 재미있다. 포크송에는 갈 데까지 가지 않은 느낌이 있어서 일종의 포크송의 젊음을 느낄 수 있다.

〈어휘〉

역행하다, 거스르다	요염하다, 섹시하다
때를 벗음, 말쑥함, 세련됨	(여성의)요염한　자태
바치다	제멋대로 굶, 방자함, 버릇없음

1.3.4. 女性の姿態

イ．長い髪(風に長い髪をなびかせる、長い髪をおろす、長い髪を結
　　ぶ)、人形みたいなきれいな服を着る、はやりのドレス、裾が
　　みだれる、かわいい、夢二の絵の少女、黒い瞳、赤い唇。

ロ．かわいい瞳、引き眉毛、燃える瞳、浮気な流し目、黒髪、赤き
　　唇、さんごのかんざし、赤いほっぺた、姉さんかぶり、白い
　　エプロン、いとしい笑顔、花の夕顔、かわいい。

ハ．小鳥みたい、小鹿みたい、小犬みたい、細い指先、つけまつげ、
　　洗い髪、薬指に光るゆびわ、白い体、やせすぎ、やさしい手、長
　　い髪、うしろ姿、ゆかた姿、セーター肩にかける、色っぽい。

ニ．若い、かわいい、美人、腰は細く、あかぬけ、ほほ赤く、あで
　　すがた、黒い瞳、赤い唇、花を髪にかざる、いきなドレス。

1.3.5. 女性の願い

イ．行かないで、捨てていい、なおしてほしい(あなたとわたしの
　　ために)、何をされてもいい、うわさされてもいい、つくした
　　い、捧げたい、抱きしめて、あなたの恋を確かめたい、愛して
　　ほしい、捨てておいて。

ロ．恋する女になりたい、ひとりにさせないで、晴れて婦人になり
　　たい、つくしたい、やさしく抱いてほしい、つぼみでいたい、
　　逢いたい、愛を捧げたい、ウソでもいいから好きだといって、
　　せめてあたいが男なら。

1.3.4. 여성의 자태

イ. 긴 머리(바람에 긴 머리를 휘날리다, 긴 머리를 늘어뜨리다, 긴 머리를 묶다), 인형처럼 예쁜 옷을 입다, 유행하는 드레스, 옷자락이 흐트러지다, 귀엽다, 유메지(竹久夢路,たけひさゆめじ,1884-1934, 미인화가) 그림의 소녀, 검은 눈동자, 붉은 입술.

ロ. 귀여운 눈동자, 먹으로 그린 듯한 눈썹, 불타는 눈동자, 유혹적인 눈길, 검은 머리, 붉은 입술, 산호 비녀, 붉은 뺨, 여성의 머릿수건, 하얀 앞치마, 사랑스러운 웃는 얼굴, 꽃 중의 박꽃, 귀엽다.

ハ. 작은 새 같다, 아기사슴 같다, 강아지 같다, 가느다란 손가락 끝, 인조 속눈썹, 갓 감아 풀어 내린 머리, 약지에 빛나는 반지, 하얀 몸, 깡마름, 부드러운 손, 긴 머리, 뒷모습, 유카타 차림, 스웨터를 어깨에 걸치다, 요염하다.

ニ. 젊다, 귀엽다, 미인, 허리는 가늘다, 때를 벗음, 뺨을 붉히며, 요염한 자태, 검은 눈동자, 붉은 입술, 꽃을 머리에 장식하다, 세련된 드레스.

1.3.5. 여성의 소원

イ. 가지 마, 버려도 돼, 고쳐줘(당신과 날 위해서), 무슨 일을 당해도 좋아, 소문나도 좋아, 온 힘을 다하고 싶다, 바치고 싶다, 안아줘, 당신 사랑을 확인하고 싶어, 사랑해줘, 버려 놓아.

ロ. 사랑하는 여자가 되고 싶다, 혼자 내버려두지 마, 떳떳하게 부인이 되고 싶다, (당신을 위해) 애쓰고 싶다, 부드럽게 안아 줘, 꽃망울로 있고 싶다, 만나고 싶다, 사랑을 바치고 싶다, 거짓말이라도 좋으니까 사랑한다고 말해줘, 하다못해 내가 남자라면.

ハ．捧げたい、許してほしい、きかせて、わがまま聞いて、昔の恋
　　を忘れたい、あなたを許したい、すべてを流したい。

ニ．いてほしい、じらさないで、泣かせないで、ひとりぼっちに
　　させないで、からかわないで、行かないで。

　しぜんに生み出される彼女たちの願いの数々、と言ってもパラエ
ティはほとんどなく、そして目立つことはみずからが何かを行動
して、みずからの力で何かを生み出すのではなく、想定された男性
との関係で事を處そうとしている安易さ。
　歌謡曲、演歌、フォークソング、小数の翻訳シャンソン、すべて
同一パタンの繰り返し、そしてそれはあまりにも貧困な片寄った女
性像しかなかった。
　シャンソンは非常に数が少なかったし、日本語のものばかり問題
にしている限り、何とも言えないが、他の三種類は、まったく同じ
と言ってよかった。
　特に新しいスタイルを標榜しているフォークが旧態依然であるこ
とは、改めて日本の風土性を考えさす。

〈어휘〉

じらす	とげ
からかう	未練(みれん)
かよわい	心残(こころのこ)り

ハ. 바치고 싶다, 용서해줘, 들려줘, 버릇없는 말을 들어줘, 옛사랑을 잊고 싶다, 당신을 용서하고 싶다, 모든 걸 흘려보내고 싶다.

ニ. (같이)있어줘, 애태우지 마, 울리지 마, 외톨이로 만들지 마, 놀리지 마, 가지마.

여성들의 자연스레 발생하는 다양한 소원이라고 해도 다양성은 거의 없다. 그리고 눈에 띄는 것은 스스로 무언가 행동하여 스스로의 힘으로 무언가를 이루는 것이 아니라 남성과의 관계에서 일을 처리하려고 하는 안이함이다.

가요곡, 엔카, 포크송, 소수의 번안 샹송, 모두 동일한 패턴을 반복한다. 그리고 그것은 너무나도 빈곤하게 한쪽으로 치우친 여성상에 불과했다.

샹송은 매우 수가 적었던 데다 일본어만을 문제로 삼는 한 뭐라 말할 수 없지만, 다른 세 종류는 완전히 같다고 말해도 좋다.

특히 새로운 스타일을 표방하는 포크송이 구태의연하다는 것은 새삼 일본의 풍토성을 생각하게 만든다.

〈어휘〉

안달 나게 하다. 초조하게 하다.	가시
놀리다. 조롱하다.	미련
가냘프다. 연약하다.	마음에 걸림. 미련

第2章

日本文学のなかの女性

2.1. 香炉峰の雪

　雪がとても高く降りつもっているのに、いつもと違って御格子(戸・窓などに使う建具)をおろしたまま炭櫃に火をおこして、物語などをして、女房たちが集まっておそばにひかえていると、そのとき中宮様が「少納言よ、香炉峰の雪はいかがでしょう」とおっしゃるので、私は(ほかの女房に)御格子を上げさせて、(私が)御簾(みす)を高くあげたところ、中宮はわが意を得たようにうなずき、喜ばれた。

　(ほかの)女房たちも「そのようなことは(わたしたちも)知り、和歌などにまで歌うけれども、(あなたのように機知的に行動することは)思いつきもしなかった。(あなたは)やはり、この中宮の女房としては、ふさわしい方であるようだ」と言う。

제2장

일본문학 속의 여성

2.1. 고로(香爐)봉의 눈

눈이 굉장히 높게 쌓여 있는데도 평상시와 달리 창을 내린 채 화로에 불을 피우고 이야기를 나누며 상궁들이 곁에 모여 있자, 그때 중궁(中宮)님께서 "세이쇼나곤. 고로봉의 눈은 어떤가요?"라고 하시자, 세이쇼나곤은 다른 상궁에게 창을 열게 하고, 발을 높이 올려 드리니, 중궁(中宮)님은 자신의 뜻을 알아주었다는 듯이 끄덕이며 기뻐하셨다.

다른 상궁들도 "그런 것은 우리들도 알고 와카도 읊지만, 당신처럼 재치 있게 행동하는 것은 생각지도 못했어요. 당신은 역시 중궁님의 상궁으로서는 안성맞춤인 분 같아요."라고 한다.

この話のポイントは、「香炉峰の雪はどのようだろう。」という中宮定子(ちゅうぐうていし)の言葉に応じて、作者・清少納言(せいしょうなごん)が簾(すだれ)を高く巻き上げた部分にあるが、このやりとりは、中国唐代の詩人・白居易(はくきょい、白楽天)の漢詩をもとにしている。

　　香炉峰の雪は簾を撥(かか)げて看(み)る。

　　香炉峰(=中国南部にある山)に降り積もった雪は、簾を巻き上げて眺める。

平安時代、男性の公的な文章語である漢文の領域に女性が立ち入るのは、好ましくないとされていた。漢詩の学才をひけらかす女性は、たしなみがないと見られたのである。しかしながら、宮中の貴人に仕えるほどの女房たちには、「香炉峰の雪は」に、「簾を撥げて看る」が続くことぐらいは常識であった。だからといって、中宮の問いかけに対して、「簾を撥げて看る」と詩を口に出して答えたのでは、たしなみなさを暴露してしまうばかりか、あたりまえすぎておもしろくない。

そこで清少納言は、簾を巻き上げてみせるという行動をとったのである。巧みな変化球といえるこの行動が、中宮を喜ばせた。

〈清少納言と中宮定子〉

見方を変えると、清少納言が気の利いた応答をしたものも、中宮の問いかけ方がよかったからと言えよう。雪景色をみたいという直接的な言い方でなく、趣向を凝らした問いかけが、清少納言の機知

이 이야기의 포인트는 '고로봉의 눈은 어떠냐?'라는 중궁님 데이시의 말씀에 응해, 작자 세이쇼나곤이 발을 높이 말아 올리게 하는 부분이지만, 이 대화는 중국 당나라 시인 백거이(백낙천)의 한시에 근거하고 있다.

고로봉의 눈은 발을 올려 본다.

고로봉(중국 남부에 있는 산)에 내려 쌓인 눈은 발을 말아 올려 바라본다.

헤이안시대 남성의 공적인 문장어인 한문의 영역에 여성이 끼어드는 것은 바람직하지 않게 여겨졌다. 한시의 재능을 과시하는 여성은 조신하지 못하다고 보였던 것이다. 그러나 궁중의 귀인을 섬길 정도의 상궁들에게는 '고로봉의 눈은' 이라고 하면 '발을 올려서 본다.'라는 것이 이어지는 것은 상식이었다. 그렇다고 해서 중궁님의 질문에 대해 '발을 올려 본다.'라고 시를 말해 대답해서는 품위를 폭로할 뿐 아니라 당연한 것이라 흥미조차 없다. 그래서 세이쇼나곤은 발을 말아 올리는 행동을 취한 것이다. 절묘한 변화구와 같은 행동이 중궁님을 기쁘게 하였다.

〈세이쇼나곤과 중궁님 데이시〉

관점을 바꾸면 세이쇼나곤이 재치있는 응답을 한 것도 중궁님의 질문 방법이 좋았던 것이라 할 수 있다. 눈경치를 보고 싶다는 직접적인 어법이 아니라 취향을 돋운 질문이 세이쇼나곤의 기지를 이끌어 냈다. 중궁님의 의향에 따른 기쁨을 서술한 이 이야기는 결국은 중궁님의 훌륭함을 칭송하는 것이라고 생각된다. 결국 주종간의 재빠르고지적인 인간관계와 주인을 절대적인 존재로서 높게 평가하고 게다가 잘 대응해가는 작자의 기쁨과 긍지를 기술한 것이라고도 할 수 있다. "기뻐하

を引き出した。中宮の意向に沿えた喜びを述べるこの話は、結局は、中宮のすばらしさをほめたたえたものとも考えられる。つまり、主従の打てば響くような知的な人間関係と、主人を絶対的なものとして高く評価し、それにうまく対応していける作者の喜びと誇りを記したものとも言えるのである。「喜ばれた」には、清少納言が期待どおりに振る舞ったことに対する中宮の満足感だけでなく、作者の誇らかな気持ちも込まれているのである。

2.2. 松下禅尼の教え

相模守北条時頼（さがみのかみほうじょうときより）の母は松下禅尼（まつのしたぜんに）と申し上げた。時頼（ときより）をご招待申し上げなさることのあった時に、（紙の）すすけた明かり障子の破れている所だけを、禅尼がみずから小刀で、あちらこちらを切り切りして、切り張りされたので、兄の秋田城介義景（よしかげ）が、その日の準備をして（禅尼の）おそばに仕えていましたが、その義景が「（こちらへ）頂戴して、何某という男に張らせましょう。（その男は）そういうことに十分心得のある者でございます」と申されたので、（禅尼は）「その男は、わたくしの手ぎわにまさかまさりはしますまい」といって、やはりひとこまずつ張られたのを、義景は、「全部張り替えますほうがずっとたやすうございましょう。

　（それに）まだらでありますのも、みぐるしくはございませんか」と重ねて申された ので、（禅尼は）「わたくしも、あとではさっぱりと張り替えようとは思うけれども、今日だけは、ことさらこうして

셨다"에는 세이쇼나곤이 기대대로 행동한 것에 대한 중궁님의 만족감뿐만이 아니라 작자의 자랑스러운 기분도 포함되어 있는 것이다.

2.2. 마츠시타 선니의 가르침

사가미 지방의 장관(현 가나가와현의 장관) 호죠 도키요리(北条時賴)의 어머니는 마츠시타 선니(松下禅尼)이다. 도키요리(時賴)를 초대하였을 때에, 창호지가 거무스름해진 미닫이문의 찢어진 곳을 어머니인 마츠시다가 몸소 작은 칼로 여기저기를 잘라내어 붙이고 계셨기에 때마침 형인 요시카게가 초대 준비를 하면서 어머니 옆에 시중들고 있었는데, 요시카게가 "저에게 주셔서 아무개 하인에게 시키시지요. 그 사람은 그런 일에 능숙한 자입니다."라고 말씀드리자, 어머니는 "그 사람의 솜씨가 설마 나보다야 뛰어나지는 않겠지요."라고 말씀하시면서 계속해서 한 조각씩 오려가며 새 종이를 발라가시는 것을 보고, 요시카게가 다시 한 번 말씀드렸다. "전부 한꺼번에 갈아버리는 것이 훨씬 일이 쉽지 않을까요. 드문드문 발라서 새 것과 낡은 것이 섞여 있는 것도 보기에 흉할 것 같군요."

그러자 어머니께서 말씀하셨다.

"나도 나중에는 깨끗하게 전부 바꾸려고 생각하고 있지만, 오늘만은 일부러 이렇게 두고자 합니다. 물건은 파손 된 곳만을 수리하여 사용하는 것이라는 것을 젊은 도키요리에게 보고 배우도록 하기 위해서지요."

おくのがよいのです。物は破損した所だけを修理して用いるものだ
と、若い者に見習わせて、忠告したいためなのです」と申された。

　(これは)実に珍しくすぐれたことであった。

　天下を治める道は、倹約を根本とする。(この禪尼は)女性ではあ
るが聖人の心に似かよっている。(執権として)天下をりっぱに治め
るほどの(すぐれた)人を、子としてお待ちになったということは、
ほんとうに凡人ではなかったのだ、と伝え聞いたことである。

〈解説〉

　松下禪尼が、息子の時頼を招待するとき、みずからすすけた障子
を切り張りしていた。兄の義景が「切り張りは見ぐるしい」という
と、尼は「今日だけはこうしておいて若い者に倹約の貴さを見習わ
せるのです」といった。天下を治めるような子をもった人はちがっ
たものだと感じた。

2.3. 祇王の行動力

（一）

　平清盛(たいらのきよもり)入道相国(しょうこく)は天下の権を掌
中に握られたので、世の非難もものともせず、人の嘲(あざけり)も
省みず、かって気ままな振舞いばかりなさった。たとえば、その
ころ、都で評判の高い白拍子(しらびょうし)の名手に、祇王、祇女
という姉妹がいた。とじという白拍子の娘である。

이 이야기는 실로 세상에 흔치 않은 훌륭한 이야기이다.

천하를 다스리는 도리는 근검절약을 근본으로 한다. 어머니는 여성이지만 성인의 마음을 닮았다. 천하를 통치할 정도의 훌륭한 사람을 아들로 두었다는 것은 역시 보통 사람으로는 가능하지 않은 일이다.

<해설>

마츠시타 선니가 아들인 도키요리를 초대했을 때, 스스로 거무스름해진 미닫이문을 잘라 바르고 있었다. 형인 요시카게가 "군데군데 떼어 바르는 것은 보기가 흉합니다."라고 하자 마츠시타 선니는 "오늘만은 이렇게 해 두어서 젊은 사람에게 검약의 고귀함을 보이고 싶은 것이다"라고 했다. 천하를 통치하는 자식을 가진 사람은 다른 것이라고 느꼈다.

2.3. 기오(祇王)의 행동력

(一) 기오(祇王)

다이라노 기요모리(뉴도쇼코쿠, 태정대신)은 천하의 권력을 쥐게 되자 세상의 비난에 아랑곳하지 않고 남의 조롱도 신경 쓰지 않고 기분 내키는 대로 행동했다. 예컨대 그즈음 도읍에서 평판이 좋은 시라뵤시(가무의 일종)의 명인으로 기오, 기죠라는 자매가 있었다. 그들은 도지라는 시라뵤시의 딸이다. 언니인 기오를 쇼코구(태정대신)가 총애했기 때문에 동생인기죠에 대해서도 세상 사람의 칭찬이 대단했다. 기요모리는 어머니 도지에게도 멋진 집을 지어 주고, 매월 백석의 쌀과 백관의 금전을 보냈기 때문에 이 일가는 부유하고 번창해 굉장히 즐거운 나날을 보냈다.

　姉の祇王を入道相国が寵愛(ちょうあい)されたので、そのために、妹の祇女も、世の人はひとかたならずもてはやした。清盛は母とじにもりっぱな家を造って与え、毎月百石の米と百貫の金銭を贈られたので、この一家は富み栄えて、このうえもなく楽しい日日を送っていた。

　そもそもわが国で白拍子とよぶ芸能がはじまったのは、昔、鳥羽院の御代に、島(しま)の千歳(せんさい)、和歌の前(まえ)という二人が舞いだしたのが起こりである。はじめは水干(すいかん)を身につけ、立烏帽子(たてえぼし)をかぶり、白鞘巻(しろさやまき)をさして舞ったので、男舞とよんでいた。

　ところが中(なか)ごろから、烏帽子、刀を除けて、水干だけを用いるようになった。そこで白拍子と名づけられたのである。

　京中の白拍子たちは、祇王が幸運にめぐりあっためでたい有様を聞いて、うらやむ者もあれば、ねたむ者もあった。うらやむ者たちは、「なんとすばらしい祇王御前(ごぜん)の幸せぶりでしょう。同じ遊び女(め)の身ならば、誰もみな、あのようになりたいものです。

　これはきっと、祇という文字を名にもつから、あれほどめでたい身の上になれたのでしょう。さあ、私たちもつけてみましょう」

　といって、ある者は祇一とつけ、また、祇二とつけ、あるいは祇福、祇徳、などと名のる者もあった。ねたむ者たちは、「どうして名や文字によることがあろうか。幸運はただ前世からの生まれつきで定まることなのに」といって、祇の字を名につけない者も多かった。

무릇 일본에서 시라뵤시라 부르는 가무가 시작된 것은 옛 도바인(鳥羽院)시대에 시마의 센사이, 와카의 마에라는 두 사람이 춤춘 것이 기원이다. 처음에는 풀을 먹이지 않은 비단을 몸에 두르고, 꼭대기를 접지 않는 건을 쓰고, 흰 날밑이 없는 단도를 꽂고 춤췄기 때문에 남자 춤이라고도 했다. 그런데 중엽부터 건, 칼을 빼고 풀을 먹이지 않은 비단만을 사용하게 되었다. 거기에서 시라뵤시라는 이름이 붙여졌다.

도읍 안의 시라뵤시들은 기오에게 행운이 찾아온 경사스러운 일을 듣고, 부러워하는 사람도 있는가 하면 시기하는 사람도 있었다. 부러워하는 사람들은 "이 얼마나 멋진 기오의 행복한 모습입니까. 같은 무녀라면, 누구나 다 그렇게 되고 싶어 하지요. 이것은 필시 '기'라는 글자를 이름에 쓰니까 저렇게 대단한 신분이 된 것이겠지요. 자, 우리도 지어 봅시다."라며, 어떤 사람은 기이치, 기니, 혹은 기후쿠, 기토쿠 라고 이름을 짓는 사람도 있었다. 시기하는 사람들은 "어째서 이름과 글자 때문이겠어요. 행운은 다만 전생으로부터 정해지는 것인데"라며, '기' 자를 이름에 쓰지 않은 이도 많았다.

（二）祇王

こうして三年を経たとき、また都に人気の高い白拍子の名手が一人現われた。

加賀県の出身で、名を仏といった。年は十六ということである。

「昔から多くの白拍子はいたが、このように上手な舞は、まだ見たことがない」と、京じゅうの人々は出身の上下を問わず、並みたいていでないもてはやしようであった。仏御前のいうことには、「私は天下の評判を得たけれども、いま権勢を誇っておられる平家太政（だいじょう）の入道殿に召されないのは、なんとも残念なことだ。こちらから参上するのは、遊び者のならわし、なんの不都合なことがあろうか。押して参上してみよう」と、ある時、西八条（にしはっじょう）の清盛の邸に参上した。

取次の人が清盛の前に参って、「このごろ都で評判の高い仏御前が参りました」と申し上げると、入道は、何を言うか。そのような遊び女は、人の召しに従って参るものだ。なんのためらいもなく押して参上することがあってよいものか。そのうえ、祇王のいる所には、神であろうが仏であろうが、参ることは許されぬぞ。ただちに退出しなさい」と仰せられた。仏御前は入道につれなく拒（こば）まれて、すでに出て行こうとしていたが、祇王が、入道殿にとりなしていうことには、

「遊女の推参は、常々のならわしです。そのうえ、年もまだ若い身空（みそら）で、たまたま思いたって参りましたものを、つれなくおっしゃって帰らせなさるのは、気の毒です。私としてもどれほどか気がひけ、心がとがめられることでしょう。私自身携わって

(二) 기오(祇王)

그렇게 해서 3년이 지나고, 또 도읍에 인기가 많은 시라뵤시의 명인이 나타났다.

가가현 출신으로 이름은 호토케라 했다. 나이는 16세이다.

"옛날부터 많은 시라뵤시가 있었지만, 이처럼 훌륭한 춤은 본 적이 없어"라며 온 도읍 사람들은 지위고하를 막론하고 극찬했다. 호토케가 말하길 "나는 천하의 호평을 얻었지만, 지금 권세를 자랑하고 있는 다이라가문의 기요모리에게 초대받지 못하는 것은 정말 안타까운 일이야. 무녀가 먼저 찾아뵙는 것은 무녀들의 관례인데 무슨 무례가 있겠어. 억지로라도 찾아가 보자"라며, 어느 날 기요모리의 니시하치죠 저택을 찾아갔다.

하인이 기요모리에게 "요즈음 도읍에서 평판이 높은 무녀 호토케가 찾아왔습니다."라고 아뢰자,

"무슨 소리냐. 그런 무녀는 부름에 따르는 법인데, 아무런 주저도 없이 함부로 찾아와도 된단 말이냐. 게다가 기오가 있는 곳에는 신이든 호토케든 찾아오는 것을 허락할 수 없다. 썩 물러가게 해라."라고 명령하셨다. 호토케는 기요모리에게 냉담하게 거절당하고 바로 나가려고 했는데, 기오가 기요모리에게 중재해 말씀드리기를,

"무녀의 갑작스런 방문은 평소의 관례입니다. 게다가 나이도 아직 어리고, 마침 생각이 나서 들른 것을 냉담하게 말씀하시어 돌아가라 하시는 것은 너무하십니다. 저로서도 얼마나 마음이 쓰이고, 안 좋겠어요. 제 자신 종사하고 있는 기예의 길을 걷고 있어 남의 일처럼 생각되지 않습니다. 비록 춤도 보시지 않으시고, 노래도 듣지 않는다고 하시더라도 적어도 대면만이라도 허락하시고, 돌아가게 하신다면 더할 나

いる芸の道ですから、他人事とも思えません。たとえ舞を御覧にならず、歌をお聞きにならなくても、せめてご対面だけでもお許しになって、お帰しなさるなら、このうえないお情けと存じます。ただ道理をまげて、召し返してご対面ください」と申し上げたので、入道は、「さて、それではお前がそれほど言うのであれば、対面してから帰そう」といって、使いをやって仏御前をお召しになった。仏御前はつれなく言われて、車に乗り邸を出ようとしたところであったが、召しもどされて、帰ってきた。

〈解説〉

　この段で注目すべきは、祇王の態度であろう。自分の地位の安泰を図るならば、このライバルの出現に、清盛の心が傾いたとしても阻(はば)もうとするのが人情の常である。にもかかわらず、追いかえされる仏に同情して、せめて会うだけでも、仏を迎え入れるよう、清盛に懇願するのである。あるいは清盛の愛に自信あってのことかもしれない。

　自分の地位が奪われるという警戒心などまったく持つ必要のない相手だったのかもしれない。しかし、「わが立てし道なれば、人の上ともおぼえず」の詞(ことば)は重要であって、身分の低い芸能人としての連帯感が、仏に対する同情となっているのである。

위 없는 자비라고 생각합니다. 너그러이 봐주시어 다시 불러 대면해주세요."라고 말씀드리자,

기요모리는 "자, 그럼 네가 그렇게까지 얘기하니 대면하고 돌려보내자."라며, 하인을 시켜 호토케를 부르셨다. 호토케는 냉담한 말씀을 듣게 되어 인력거를 타고 저택을 나가려고 하던 참이었는데, 부르심에 되돌아왔다.

〈해설〉

이 단에서 주목할 만한 것은 기오의 태도이다. 자신의 지위의 안정을 위해서라면 이 라이벌의 출현으로 기요모리의 마음이 기울었다고 하더라도 저지하려고 하는 것이 인지상정이다. 그럼에도 불구하고 쫓겨나가는 호토케에게 동정하여 적어도 만나는 것만이라도 허락하도록 기요모리에게 간청하는 것이다. 또는 기요모리의 자신에 대한 사랑에 자신이 있었을지도 모른다.

호토케는 자신의 지위가 뺏길지도 모른다는 경계심 등은 전혀 가질 필요도 없는 상대였는지도 모른다. 그러나 "제가 입신한 길이므로 다른 사람의 일이라고 생각할 수 없다"라는 말은 중요하며, 신분이 낮은 기예인으로서의 연대감이 호토케에 대한 동정으로 되었던 것이다.

（三）祇王

「このように、尼となって参りましたので、これまでの罪は、お許しください。許そうとおっしゃって下さるなら、ごいっしょに念仏に励んで、極楽浄土の一つ蓮(はちす)の上に往生いたしましょう。それでもなお納得していただけないのなら、これからどこへなりともさまよって行き、どのような苔(こけ)の上にでも松の根もとにでも倒れふして、命のあるかぎり念仏し、往生の願いをとげようと思います」と、涙ながらに訴えると、祇王も涙をおさえて、「ほんとうに、あなたがこれほどまでに思っておられるとは、夢にも知りませんでした。憂い、つらいこの世の常として、わが身の不幸なめぐりあわせだと思いあきらめるべきことでしょうに、ともするとあなたのことばかり恨めしくなって、往生の願いがかなえられるとも思われませんでした。この世でも、来世でも、いい加減で中途半ぱになってしまった気持ちでおりましたが、このように姿を変えて来られたので、日ごろの恨みはすっかり消えさりました。

　今はうたがいなく往生できるでしょう。こんどは常日(つねひ)ごろの望みのかなえられることが、このうえもなくうれしいことです。

　私たちが尼になったことを、世間では例のない事のように言い、また私自身もそう思っていましたが、出家にも當然の理由はありました。

　しかし、いまのあなたの出家にくらべれば、それはとるにたらぬことでした。あなたには、恨みもなければ嘆きもありません。それに、今年はわずか十七歳のお年で、このように現世を厭(いと)い、極楽浄土への往生を願おうと、心に深くお思いになられることこそ、真の大道心であると思います。あなたはこのうえもなくうれしい

(三) 기오(祇王)

"이처럼 비구니가 되었으니 이제까지의 죄는 용서해주십시오. 용서
한다고 말씀해 주신다면 함께 염불로 격려하고, 극락정토의 하나의 연
꽃 위에 왕생합시다. 그래도 역시 납득해 주시지 않는다면, 이제부터
어디든지 정처없이 떠돌며, 어떤 이끼 위에라도 소나무의 뿌리라도 어
디에라도 쓰러져 엎드려 명이 붙어있는 한 염불하고, 왕생의 소원을
이루려고 합니다."라며 눈물을 흘리며 호소하자 기오도 눈물을 참으며,
"정말로 당신이 이렇게까지 생각할 줄은 꿈에도 몰랐습니다. 괴롭고 고
통스러운 이 세상의 상례(常例)로, 내 불행한 운명이라 생각하고 포기
해야만 할 터인데 걸핏하면 당신만 원망스러워져 왕생의 소원이 이루
어질 것이라고도 생각지 못했습니다. 현세에서도 내세에서도 미온적이
고 어중간한 마음이었는데, 이처럼 모습을 바꿔 오시니 평소의 원망은
완전히 사라졌습니다. 지금은 틀림없이 왕생되겠지요. 이번에는 평소
의 소원이 이루어질 수 있다는 것이 무엇보다 기쁜 일입니다. 우리들이
비구니가 된 것을 세상은 예가 없는 일처럼 말하고, 또 저 자신도 그렇
게 생각하고 있었습니다만, 출가에도 당연한 이유는 있었습니다. 그러
나 지금의 당신의 출가에 비하면 그것은 보잘 것 없습니다. 당신에게는
원망도 한탄도 없습니다. 게다가 올해는 불과 17세로 이처럼 현세를
싫어하고, 극락정토에 왕생을 바라고 마음 깊이 생각하고 있는 것이야
말로 진정한 대도심이라고 생각합니다. 당신은 게다가 즐겁고 기쁜 불
도의 인도자입니다. 자, 함께 왕생을 기원합시다." 라며 네 명이 함께 암
자에 틀어박혀 밤낮으로 불전에 꽃과 향을 올리며, 일심으로 정토왕생을
기원하고, 염불에 전력했기에 늦고, 빠르기의 차이는 있었지만 네 명의
비구니들은 모두 왕생의 본망을 이루었다고 한다. 그래서 고시라카와

仏の道への導き手です。さあ、ごいっしょに、往生をねがいま
しょう」と四人いっしょに庵にこもって、朝に夕に、仏前に花、香を
そなえ、一心に浄土への往生をねがって、念仏に専心したので、遅い、
速いのちがいはあったが、四人の尼たちは、みな往生の本望をとげ
たということである。それで後白河法皇の建立(こんりゅう)された
長講堂の過去帳にも「祇王、祇女、仏、どちらの尊霊」と、四人が
同じ所に記されている。まことに哀れぶかいことであった。

　〈解説〉
　仏御前の述懐と遁世(とんせい)の決意を聞いて、祇王ははじめて
その真意を知り、心の平安と念仏の専心を妨げていた怨恨(えんこ
ん)は氷解するのである。自分の出家は世を呪い人を恨む動機があっ
てのことだが、仏の出家は、そのような契機を離れて、純粋に精神
的なものであるとして称賛し、これを導きてとして念仏の行に励み、
ついにみな往生の本望(ほんもう)を達したという、一篇の往生譚(た
ん)は、ここに終るのである。
　現実の世での幸福をどこまでも追求するのではなく、死後の宗教
的な救いによって、すべてが解決されているからといって、この
一篇の意義を没却することはできない。
　これはあくまでも中世の物語なのである。しかも、祇王も仏も、
結局は権力者の意のままにならず、これに抗して、自分の意志を貫
いたのである。
　行動性は、生死をかけて戦う武士ばかりでなく、かたちは異なるが、
このような女性たちにも見いだせる『平家物語』の人物の特徴でもある。

법왕이 세우신 죠코당의 과거장(죽은 자의 법명이나 기일을 적은 장부)
에도 '기오, 기죠, 호토케, 도지들의 존령'이라고 네 명이 같은 곳에 기록
되어 있다. 정말로 감동적인 일이다.

〈해설〉

호토케의 술회와 둔세의 결의를 듣고 기오는 비로소 그의 진의를 알
고 마음의 평안과 염불에 전념하는 것을 방해하고 있었던 원한이 얼음
녹듯이 풀리는 것이다. 자신의 출가는 세상을 저주하고 세상을 원망하
였기 때문이지만 호토케의 출가는 그와 달리 순수하게 정신적인 것으로
칭찬하여 이것을 길잡이로 염불수행에 힘써 결국은 본래의 소원인 왕생
에 도달하였다는 한편의 왕생담은 여기서 끝난다.

현실세계에서의 행복을 끝까지 추구하는 것이 아니라 사후의 종교적
인 구원에 의해 모든 것을 해결하고 있다고 해서 이 한편의 의의를 망
각할 수는 없다.

이것은 어디까지나 중세시대의 이야기인 것이다. 게다가 기오도 호
토케도 결국은 권력자의 뜻대로 되지 않고 이에 저항하여 자신의 의지
를 관철한 것이다. 이와 같은 행동성은 생사를 걸고 싸우는 무사뿐만
아니라 형태는 다르지만 여성들에게도 발견할 수 있는 『헤이케모노가
다리』의 인물의 특징이기도 한다.

2.4. 平家一門の姫たち

2.4.1. 時子(ときこ) － 平家の要となる女性

時子は、清盛(きよもり)の本妻であり、彼女が平家一門に加わってからは、平家の中心的な役割を担う要(かなめ)の女性となります。

時子も小さいときから苦労している女性です。

父親は平時信といいまして、五位の身分ですが、どういうわけか、周囲の者から「そうじどの」と慕われるような人柄の人気者でした。

なぜ「そうじどの」と呼ばれていたかというと、そのころ、老子や荘子など、唐の学問が流行(はや)っていたせいで、それに似せて「そうじどの」と呼んだのかも知れませんし、彼の邸宅近くに総持寺という寺院があったため、その寺の名前から取ったのかもしれません。

ある日、清盛は友人に誘われ、時信邸へ遊びに行くことになりました。大きな部屋に通されると、そこにはたくさんの遊び道具がある。そのころの大人たちは、賭碁(かけご)や賭双六をして遊んでいたそうです。

特に賭双六が大流行していたそうで、天皇まで賭双六をしていたという記録があるくらいです。あまりに熱狂してのめり込み、自分の女房まで賭けたという話もあります。天皇に至っては、金の枕を賭けたとか、朝から始めて三日三晩飲まず食わずに続けたとか、また朱雀(すざく、しゅじゃく)門の楼門の上で勝負をしたという話まであるくらいです。

2.4. 헤이케 가문의 아가씨들

2.4.1. 도키코 — 헤이케 가문의 주요한 여성

도키코는 기요모리의 본처로 그녀가 헤이케 가문에 들어오고 나서부터는 헤이케 다이라 가문의 중심적인 역할을 담당하는 중요한 여성이 됩니다.

도키코도 어린 시절부터 고생한 여성입니다.

아버지는 다이라 도키노부로 5품의 신분입니다만 어떤 이유에서인지 주위의 사람들로부터 '소지도노'라며 일컬음을 받는 인품을 지닌 인기인이었습니다.

왜 '소지도노'라 불리게 되었는가 하면 그 무렵 노자나 장자 등 당나라의 학문이 유행하고 있던 탓에 그를 모방하여 '소지도노'라 부른 것이던지, 아니면 그의 저택 근처에 소지사라는 사원이 있었기 때문에 그 절의 이름에서 따온 것인지도 모릅니다.

어느 날 기요모리는 친구의 권유로 도키노부의 저택으로 놀러가게 됩니다. 큰 방으로 안내되니 그 곳에는 많은 놀이도구가 있었습니다. 그 무렵의 성인들은 내기 바둑이나 내기 주사위를 하며 놀았다고 합니다.

특히 내기 주사위가 큰 유행이었으며 천황까지 내기 주사위를 했다는 기록이 있을 정도입니다. 너무 열광해서 빠져들어 자신의 아내까지 내기에 걸었다는 이야기도 있습니다. 천황의 내기에서는 금으로 된 베개를 걸었다든지 아침부터 시작하여 3일 밤낮을 먹지도 마시지도 않고 내기를 계속했다든지 또 스자쿠문(朱雀門, 대궐구역의 정문)의 사쿠라 문 위에서 승부를 겨루었다는 이야기까지 있을 정도입니다.

　當時の日本には、通貨というものはありませんが、ただ宋の国から渡ってきた宋銭というものがあり、本来は使ってはいけないのですが、こっそりと賭けていたのではないかと思います。それから砂金なども賭けていたのでしょう。

　ともかく時信の邸宅は、気軽に若い衆が集まることができるところでした。勤め帰りに寄って、賭碁をしたり、賭双六をして、遊んでから帰ったのでしょう。

　すると、ときどき時信の娘である時子が顔を出し、白湯(さゆ)等を入れて、来客たちに振る舞ったりしていました。いささか薹(とう)が立っているけれども、なかなか気の利く娘でした。

　清盛も遊びの楽しさを覚え、時信邸に通うようになります。すると、ある時対戦相手がおらず、手持ち無沙汰にしていたところ、時子のほうから「私がお相手いたしましょう」と申し出され、賭碁をすることになったのです。

　囲碁とはいえ博打(ばくち)ですから、何かを賭けなければなりません。時子は刺繍や縫いものが上手な女性でしたから、自分で縫った懐紙入れを差し出しました。しかし、清盛は、それに見合うものを持っていませんでした。何を賭ければよいかと考えているうちに、着ていた直垂(ひたたれ)の上衣(うわぎ)くらいしか賭けるものがない。やむを得ず、それを脱いで叩きつけ、時子との賭碁が始まりました。

　二人の勝負は白熱して、気がつくと周囲はたくさんの人だかりができている。「清盛、頑張れ」とか「時子、頑張れ」と声援が飛び交うなか、清盛は負けてしまったのです。

당시의 일본에는 통용되고 있던 화폐는 없었지만 다만 송나라에서 건너온 송전(宋錢)이라는 것이 있어 본래는 사용해서는 안되는 것이었지만 남몰래 내기에 사용된 것이 아닌가 여겨집니다. 그리고 사금(砂金)등도 상용되었을 것입니다.

어찌되었든 도키노부의 저택은 부담없이 젊은이들이 모일 수 있는 곳이었습니다. 일을 마치고 돌아오는 길에 들려 내기 바둑을 두거나 내기 주사위를 하며 논 후 돌아갔을 것입니다.

그러자 가끔씩 도키노부의 딸인 도키코가 얼굴을 내밀며 백비탕 등을 끓여 내객들에게 대접하기도 하였습니다. 다소 한창 때가 지났지만 꽤 멋진 아가씨였습니다.

기요모리도 놀이의 즐거움을 알게되어 도키노부의 저택에 다니게 되었습니다. 그러던 어느 날 대전할 상대가 없어 따분하였던 때에 도키코가 "제가 상대가 되어드리겠습니다"라고 말을 걸어와 내기 바둑을 두게 되었습니다.

바둑이라고는 하지만 도박이었기 때문에 무언가를 걸지 않으면 안되었습니다. 도키코는 자수나 바느질에 뛰어난 여성이었기 때문에 자신이 바느질한 가이시[1]함을 내밀었습니다. 그러나 기요모리는 그에 걸맞는 물건을 가지고 있지 않았습니다. 무엇을 걸면 좋을지 생각하였지만 입고 온 히타타레[2]의 상의정도 밖에는 걸 것이 없었습니다. 할 수 없이 그것을 벗어 내던지며 도키코와의 내기 바둑이 시작되었습니다.

둘의 승부는 몹시 뜨거워져 정신을 차려보니 주위에는 많은 사람들

---

1) 차를 마실 때 과자를 나누거나 찻잔의 가장자리를 닦거나 하는데 쓰는 종이.
2) 하카마(일본옷의 겉에 입는 아래옷《허리에서 발목까지 덮으며, 넉넉하게 주름이 잡혀 있고, 바지처럼 가랑이진 것이 보통이나 스커트 모양의 것도 있음》)와 함께 입는 무사의 예복의 한 가지.

　時子は躊躇(ためら)うこともなく「では、頂戴いたします」と清盛の上衣を取り上げてしまいます。そんな襦袢(じゅばん)のような恰好では、家まで歩いて帰ることもできません。それにも増して、女に負けたという悔しさだけが募ります。

　仕方なく夜が更けて、人通りが少なくなってから帰ろうと思っていたところに、時子が静々と現れ、奪ったばかりの上衣を差し出します。それを見た清盛は、なかなか気の利く女だと思っていると、「ただし、後日、お返しくださいませ」と言われ、内心では「こいつめ」と思ったでしょうけれども、かえってしっかりした女だと感心したのかもしれません。

　それがきっかけとなり、清盛は時子のところへ通うようになりました。そのとき彼もすでに二十八歳です。もう結井(ゆい、清盛の妻)にのぼせたときのように、時子に対しては情熱だけで向かっていったわけではないと思います。

　もう少し醒めた目で、果たして自分の女房としてはどうか、平家を束ねる女性としては、と時子のことを観察していたに違いありません。

　そのころ、母の宗子(そうし・むねこ)が溺愛した弟の家盛は、床に伏せることも多く、清盛は平家の跡取りとなる可能性が高まっていました。そうした自覚もあって、平家の「北政所」として、時子が相応(ふさわ)しいかどうか見極めなければならない。

　時子は、清盛の眼鏡に適(かな)い、こうして二人は結ばれ、平家一門の基礎をつくっていくことになるのです。

이 모여 있었다. "기요모리, 힘내"라든지 "도키코, 힘내" 등의 응원소리가 난무하던 중 기요모리는 내기에 져버렸습니다.

도키코는 주저 없이 "그럼, 잘 받겠습니다"하며 기요모리의 상의를 가져가 버렸습니다. 그런 속옷 차림으로는 집까지 걸어서 갈 수도 없었습니다. 그보다 더 여자에게 졌다는 분함만이 더해졌습니다.

할 수 없이 밤이 깊어져 인적이 드물어지면 돌아가려고 생각하고 있던 때에 도키코가 조용히 나타나 방금 뺏어간 상의를 내 놓았습니다. 이를 본 기요모리는 꽤 생각이 잘 미치는 여자라고 생각하던 찰나 "단, 나중에 돌려주셔야합니다"라고 해서 마음속으로는 "이년"이라고 생각했지만 오히려 확실한 여자라고 감탄했을지도 모릅니다.

그것이 계기가 되어 기요모리는 도키코에게 왕래하게 되었습니다. 그 무렵 기요모리도 이미 28세였습니다. 유이(기요모리의 아내)에게 열중했던 때와 같이 도키코에 대해서는 정열만으로 대하고 있었던 것만은 아니라고 생각합니다.

조금 더 차분한 눈으로 과연 자신의 아내로서는 어떤지 헤이케 가문을 통솔할 여성으로서는 어떤지 도키코를 관찰하고 있었음이 틀림없습니다.

그 무렵 어머니인 무네코(기요모리의 계모·소시)3)가 몹시 사랑했던 동생 이에모리는 병석에 누워있는 경우가 많아 기요모리는 헤이케 가문의 후계자가 될 가능성이 높았습니다. 그러한 자각과 함께 헤이케 가문의 '안주인'으로서 도키코가 어울리는지 어떤지를 확인하지 않으면 안 되었습니다.

---

3) 宗子는 'むねこ'로 읽는지 'そうし'로 읽는지 정확하지 않음.

　さて、時子ですが、この人は目の覚めるような美人ではなかった
と思います。清盛にとって時子は、二番目の妻ですから、美しさは
二の次だったと思うのです。初めに妻となった結井(ゆい)について
は、美しさに惹かれたのでしょうけれども、亡くなってしまった。
この短い結婚生活と通して、やはり次に娶(めと)る女性は、美しさ
だけでなく、体の丈夫な女性を求めたいと思ったのではないでしょ
うか。確かめようのないことですが、そうした心理が働いたので
はないかと思うのです。

　時子は小さいときから継母と喧嘩をしながらも、母室では兄弟た
ちをよく育て、家を支えるような主婦の役割をしてきましたから、
とてもしっかりしていたはずです。そうした環境で成長しました
から、家を束ねていく才能が自然と身についていたのではないで
しょうか。

　のちに平家一門の姫たちを嫁がせ、さらには重盛、宗盛、知盛を
はじめ、位の高い家などから嫁を娶りますが、そうした女たちの
結束を固め、壇ノ浦で平家が滅ぶまでの二十年間、時子が、すべて
を差配していました。

〈어휘〉

嫁ぎ先(とつぎさき)	姑(しゅうとめ)
嫡男(ちゃくなん)	跡取り(あととり)
執拗(しつよう)	噛み締める(かみしめる)

도키코는 기요모리의 마음에 들었고 이리하여 두 사람은 맺어져 헤이케 가문의 기반을 다져가게 된 것입니다.

한데 도키코는 놀랄만한 미인은 아니었습니다. 기요모리에게 있어 도키코는 두번째 아내이기 때문에 아름다움은 그 다음 문제라고 생각한 것입니다. 처음에 아내가 된 유이에 대해서는 아름다움에 끌렸겠지만 그녀는 죽어버렸습니다. 이 짧은 결혼 생활을 통해 다음에 아내로 맞이할 여성은 아름다움뿐만 아니라 신체가 건강한 여성을 얻고 싶다고 생각했던 것이 아닐까요? 확실하지 않은 이야기지만 그러한 심리가 작용한 것이 아닌가 생각됩니다.

도키코는 어린 시절부터 계모와 다투면서도 안채에서는 형제들을 잘 키우고 가정을 지탱하는 주부의 역할을 해왔기 때문에 매우 착실했을 것입니다. 그러한 환경에서 성장했기 때문에 가정을 통솔하는 재능이 자연히 몸에 배어있었던 것이 아닐까요?

후에 헤이케 가문의 딸들을 시집보내고 게다가 시게모리, 무네모리, 도모모리를 비롯하여 지위가 높은 집에서 아내를 맞아들이는데 그러한 여성들의 결속을 단단히 하고 단노우라에서 헤이케 가문이 망할 때까지의 20년간 도키코가 모든 것을 관리하고 있었습니다.

〈어휘〉

시집간 집, 시집	시어머니, 장모
적남, 적자	후계자
집요함, 고집이 셈, 끈질김	악물다, 깨물다

2.4.2. 時子がつくった「家風」

　いまでも、よく「家風」ということを言います。結婚した女性た
ちは、嫁ぎ先で、みな家風にくるしみます。「家風に合わない嫁」
「家風に慣れない」など、いろいろ伝わることが多い。

　では、平家の家風とは、どのようにつくられたのでしょうか。

　家風というものは、先祖代々の家に伝わってきた仕来(しきた)り
だとばかり思っていたのですが、ある歴史学者によると、家風とは、
その家の祖母がつくる習慣のことをいうのです。

　嫁入りしたばかりのころは、姑に仕えて、何もかも自分の思うと
おりにはなりません。そして、今度は自分が姑の立場になって初め
て、こうしたかったのだと思うことを自分の嫁に教えていく。こ
のことを家風というのだそうです。

　するとたとえば、茶碗や椀も置き方、箸の並べ方、来客のもてな
し方など、私も姑からよく言われましたが、それは考えてみたら
姑の好みでしかなかったということが、いまになってわかってく
るのです。ですから、いま我が家の家風をつくっているのは私と
いうことになります。確かに娘たちに口やかましく言っているか
もしれません。

　そう考えると、平家の家風はすべて時子がつくっているのです。

　時子は賢い女性でしたから、彼女のつくった家風に倣ったからこ
そ、いい嫁、いい娘として育ち、彼女たちが一丸となって、実家を
もり立てていったということがいえるのではないかと思います。

2.4.2. 도키코가 만든 가풍

지금도 자주 '가풍'이라는 말을 합니다. 결혼한 여성은 모두 시댁에서 가풍에 적응하느라 힘들어합니다. '가풍에 맞지 않는 며느리' '가풍에 익숙해지지 않는다'등 여러 가지 전해지는 말이 많습니다.

그럼 헤이케 가문의 가풍은 어떻게 만들어졌을까요?

가풍이라는 것은 조상 대대로 집안에 전해져온 관습이라고 생각했습니다만, 어느 역사학자에 의하면 가풍은 그 집의 할머니가 만든 습관을 뜻한다고 합니다.

막 시집온 때에는 시어머니를 모시기 때문에 무엇이든지 자신이 생각한대로는 되지 않습니다. 그리고 이번에는 자신이 시어머니의 입장이 되어 비로소 이렇게 하고 싶었던 것이라고 생각한 것을 자신의 며느리에게 가르쳐가는 것을 가풍이라 한다고 합니다.

예를 들어 찻잔이나 식기를 놓는 방법, 젓가락 놓는 법, 내객의 접대 방법 등, 저도 시어머니로부터 자주 들었습니다만 그것은 생각해 보면 시어머니의 취향이었음을 지금이 되어서야 알게 된 것입니다. 그러므로 지금 우리 집의 가풍을 만들고 있는 것은 제가 됩니다. 아마 딸들에게 까다롭게 말하고 있을지도 모릅니다.

그렇게 생각하면 다이라 가문의 가풍은 모두 도키코가 만든 것입니다.

도키코는 현명한 여성이었기 때문에 그녀가 만든 가풍에 따름으로써 헤이케 가문의 딸들은 좋은 며느리, 좋은 딸로써 자랐고 그녀들이 일환이 되어 헤이케 가문을 부흥시켰다고 얘기할 수 있지 않을까 생각합니다.

　けれども、時子とはいえ、六波羅(ろくはら)へ嫁入りしてからし
ばらくは、姑の宗子から意地の悪い仕打ちを受け、たいへん悩んだ
ことと思います。

　宗子もまた、後妻として平家に嫁いでいますから、嫁として来た
ばかりのときに、すでに忠盛には清盛という嫡男がおり、その清盛
を引き取り、育てています。しかし、清盛は嫡男ではあるけれど
も、しょせんは継子でしかない。自分が腹を痛めて生んだ子どもの
ほうが可愛いに決まっています。宗子としては、平家の跡取りには
家盛を立てたいという思惑がありますから、清盛には、つらく當
たったのではないかと思います。

　そうなると清盛の嫁である時子にも、優しいはずがありません。
おそらく執拗に責め立てたのは、身分の違いについてではないかと
思います。

　宗子の父親は修理大夫(しゅりだうぶ)という役職で、そんなに位
の高い身分ではありませんが、それでも時子の父親の時信よりは、
ずいぶん上になります。ですから、ことあるごとに時子には冷た
く當たったことでしょう。

　時子は歯を嚙み締めながら、宗子の嫁いびりに我慢していたと思
います。

〈어휘〉

屋敷(やしき)	甲斐(かい)
贔屓(ひいき)	継子(けいし, ままこ)
溺れる(おぼれる)	しっかり者(しっかりもの)

그렇지만 도키코라고 해도 로쿠하라(六波羅)로 시집온 얼마동안은 시어머니인 무네코로부터 괴롭힘을 당해 매우 힘들었을 것이라 생각합니다.

무네코 역시 후처로 헤이케가에 들어왔기 때문에 막 시집왔을 때에 이미 다다모리에게는 기요모리라는 적자가 있어 그 기요모리를 거두어 키웠습니다. 그러나 기요모리는 적자이지만 결국 의붓자식일 뿐입니다. 자신이 배 아파 낳은 아이에게 더 마음이 가는 것은 당연합니다. 무네코로서는 이에모리를 헤이케가의 후계자로 만들려는 의도가 있었기 때문에 기요모리에게 매정하게 대하지 않았을까 생각합니다.

그렇다면 기요모리의 처인 도키코에게도 상냥하게 대했을 리가 없습니다. 필시 집요하게 몰아세웠던 것은 (자신과의) 신분의 차이에 대해서는 아닐까 생각합니다.

무네코의 아버지는 슈리다이부라는 지위로 그렇게 지체가 높은 신분은 아니었지만 그래도 도키코의 아버지인 도키노부보다는 훨씬 높았습니다. 그러므로 일이 있을 때마다 도키코에게는 냉담하게 대했을 것입니다.

도키코는 이를 악 물며 무네코의 며느리 학대에 참았을 것이라 생각됩니다.

〈어휘〉

저택, 고급 주택	보람, 값어치
편듦, 역성듦, 편애	계자. 의붓자식
빠지다, 열중하다	견실한 사람, 틀림없는 사람

2.4.3. 時子と八人の娘

　清盛には八人の娘がおりました。時子は、平家の娘たちを正しく育てたのではないかと思いますが、では、どのように育てたのでしょうか。

　まず清盛は、西八条に大きな屋敷をつくり、その主として時子を据えました。女ばかりの屋敷として、ここで自分のつくった八人の娘たちを時子に育てさせたのです。

　時子は西八条で主婦の座と占めて、ますます頼り甲斐のある立場になっていきます。彼女は賢い人でしたから、様々な相談を平家一門の女から受けたでしょうか。

　それぞれに正しい返事をしたと思います。池禅尼の場合には、何かにつけて家盛を贔屓(ひいき)していました。自分の子どもばかり大切に扱って、継子と差をつけるようであれば、やはり人望が生まれません。女の人でも、正しいものの見方をする人には、人がついてくると思うのです。

　また、時子は感情に溺れない、理性的な女性だったと思います。しっかり者で正しいものの判断ができる人ではなかったでしょうか。ですから、西八条に住まう八人の娘たちに対しても、誰かをいじめて、誰かを特別に可愛がったということはなかったと思います。

　ただし、建礼門院(けんれいもんいん)徳子(とくこ)が高倉天皇の后となるときだけは、彼女も自分の生んだ娘を贔屓しました。

2.4.3. 도키코와 여덟명의 딸

기요모리에게는 여덟명의 딸이 있었습니다. 도키코는 헤이케 가문의 딸들을 바르게 키웠다고 생각하는데, 그럼 어떻게 그들을 키웠던 것일까요?

우선 기요모리는 니시하치죠에 큰 저택을 짓고, 그 주인으로서 도키코를 앉혔습니다. 여자만 있는 저택으로서 여기서 자신의 여덟 딸들을 도키코에게 키우게 한 것입니다.

도키코는 니시하치죠에서 주부의 자리를 차지하며 더욱 더 의지할 수 있는 입장이 되어갑니다. 그녀는 현명한 사람이었기 때문에 다이라 가문의 여자들로부터 다양한 상담을 요청받았겠지요.

각각에 알맞은 대답도 했다고 생각합니다. 이케노젠니(기요모리의 계모 무네코의 법명)의 경우에는 무슨 일이 있을 때마다 이에모리를 편애하였습니다. 자신의 아이들만 소중히 하고 의붓자식과 차이를 두려하면 역시 세상 사람이 우러러 믿고 따르려하는 덕망이 생기지 않습니다. 여성이라도 올바른 견해를 가진 사람에게는 사람들이 따르게 된다고 생각합니다.

또 도키코는 감정에 빠지지 않는 이성적이 여성이었다고 생각합니다. 견실한 사람으로 올바른 판단을 할 수 있는 사람이 아니었을까요? 그렇기 때문에 니시하치죠에 사는 여덟명의 딸들에 대해서도 누군가를 괴롭히거나 누군가를 특별히 예뻐하는 일은 없었을 거라 생각합니다.

다만 겐레몬인 도쿠코가 다카쿠라 천황의 황후가 될 때만은 그녀도 자신이 낳은 딸을 역성들었습니다.

　この八人の娘たちは、當然のことながら、清盛が他の女性との間につくった人も含まれております。それを西八条に連れてきて、時子に育てさせたわけですが、八人すべてを育てたわけではありません。それでもいやがらず、みな等しく大切に育て上げたというのは、私はたいしたものだと思います。

　いまは男性より女性のほうがかえって強い時代ですが、やはり八百年も時代が違うと、女たちの意識も、ずいぶん違うということに気づかされました。

　當時は儒教の教えが尊重されておりましたから、自分というものを殺してでも、まず親を大事にし、そして、位の高い者には従っていかなければなりません。極端なことを言いますと、命を差し出してでも目上の人から言われた命令は、きかなければなりませんでした。そうした教えが徹底していたのです。

　徳子もまた自分を殺して、母親の望んだとおり、高倉天皇の許に嫁ぐしかなかったのでしょう。

〈어휘〉

所詮(しょせん)	毛並み(けなみ)
一目置く(いちもくおく)	〜を尻目に(しりめに)
進呈(しんてい)	胡散臭い(うさんくさい)

이 여덟 명의 딸들 중에는 당연한 이야기이겠지만 기요모리가 다른 여성과의 사이에서 낳은 아이들도 포함되어 있습니다. 그들을 니시하치죠에 데려와 도키코에게 양육하게 한 것입니다만 여덟 명 모두를 키우라는 것은 아닙니다. 그래도 싫어하지 않고 모두를 평등하고 소중하게 키웠다고 하는 것은 저는 대단한 일이라고 생각합니다.

지금은 남성보다 여성이 강한 시대입니다만 역시 팔백년이나 시대가 다르면 여성들의 의식 역시 몹시 다르다는 것을 알게 되었습니다.

당시는 유교의 가르침을 존중하였기 때문에 자신을 죽여서라도 우선 아버지를 소중히 여기고 그리고 지위가 높은 사람에게는 순종하지 않으면 안 되었습니다. 극단적인 예를 들자면 목숨을 내 놓아서라도 윗사람이 내린 명령은 듣지 않으면 안 되었습니다. 그러한 가르침이 철저하던 시대였습니다.

도쿠코 역시 자신을 죽여서 어머니가 바라던 대로 다카쿠라 천황에게 시집갈 수밖에 없었을 것입니다.

〈어휘〉

결국, 필경, 어차피	혈통, 가문, 학력 등의 질
자기보다 우월함을 인정하여 경의를 표하다	~을 무시하는 태도로 거들떠 보지도 않고
진정, 드리다	수상쩍다

2.5. 山内一豊とお千代

2.5.1. 妻とヨメ

古来、山内一豊の妻、お千代の物語は、ヨメの教科書として語り継がれてきた。戦前の国定教科書に指定されるほど、お千代はヨメのとして奉られた。

嫁とは、その字のごとく、女に家と書く。

男は得てして妻という言葉よりもヨメという言葉を使う。妻という言葉にはある種気恥ずかしさがあるからである。しかし、女性からすれば、断然、妻であるべきで、ヨメにはなりたくないという言葉の葛藤があるのではないだろうか。

ほとんどの女性が結婚すると、ダンナ姓を名乗り、ダンナの姓の子供を生むのである。ヨメになりたくなくても、結婚すると、自然にヨメになる。「私はあなたの妻であってヨメではありません。花嫁ではなく、花妻と呼んで欲しい」とヨメはダンナに訴える。実際には、妻であろうと、ヨメであろうと、ダンナの配偶者であることに変りはない。

しかし、二人の結婚を心より祝福してくれたのは両親であるはずである。ウェディングの時の両親の真剣な眼差しを忘れることはできないだろう。そうであるにもかかわらず、ダンナの両親と縁を切り、親戚付き合いもしないとなると、確かに妻には違いないが、ヨメとしては失格になるだろう。果たして、世の男性は、そうした個人主義の女性と結婚したがるだろうか。

2.5. 야마노우치 가즈토요와 오치요

2.5.1 아내와 며느리

예부터 야마노우치 가즈토요의 아내 오치요의 이야기는 며느리의 교과서로서 전해 내려오고 있다. 제 2차 세계 대전 전의 국정 교과서에 지정될 만큼 오치요는 며느리로서 받들어졌다.

며느리(嫁)라는 것은 그 글자같이, 여자(女)에 집(家)이라고 쓴다.

남자는 흔히 아내라는 단어보다도 며느리라는 단어를 사용한다. 아내라는 단어에는 어쩐지 겸연쩍은 느낌이 들기 때문이다. 하지만, 여성 쪽에서 본다면, 단연, 아내여야 하고, 며느리는 되고 싶지 않다는 말의 갈등이 있는 것은 아닐까.

대부분의 여성이 결혼하면, 남편의 성을 따르고, 남편의 성의 아이를 낳는 것이다. 며느리가 되고 싶지 않아도 결혼하면 자연히 며느리가 된다. "나는 당신의 아내이지 며느리는 아닙니다. 새아가가 아닌, 새색시라고 불러주셨으면 해요" 라며 며느리는 남편에게 호소한다. 실제로는 아내이건, 며느리건, 남편의 배우자인 것은 변함은 없다.

하지만, 두 사람의 결혼을 마음으로부터 축복해준 것은 부모님일 것이다. 결혼식 날 부모님의 진지한 눈빛을 잊을 수 없을 것이다. 그럼에도 불구하고, 남편의 부모님과 인연을 끊고, 친척들과 교류도 하지 않게 되면, 확실히 아내임에는 틀림없지만 며느리로서는 실격이 될 것이다. 과연, 세상의 남성은 그러한 개인주의적인 여성과 결혼을 하고 싶어 할까.

　千代夫人も山内一豊の妻であると同時にヨメであったはずである。
「山内一豊の妻」が妻と表記されるのは、おそらく女性の立場から主
体性を表にでそうという思惑からではないかと推測される。千代夫
人が一豊のヨメと呼ばれるよりは、あくまでもダンナをサポート
した妻の模範として奉るべき存在であったからだろう。
　ヨメは妻であり、やがて姑にもなる。元来、家とは女のもので
あり、女が仕切るものである。ヨメは強くなくてはやっていけな
い。ダンナなど、所詮生活費を運んでくる働き蜂にすぎない。ヨメ
の加減一つで、ダンナが生きもすれば死にもする。たくましいヨ
メの前ではダンナの頭は上がらないのである。
　近頃は、核家族化に拍車がかかり、ヨメを指導する姑が不在であ
る。姑には、元来、ヨメとしての心得を叩(たた)き込む役割があっ
たけれども、そのような家の制度はすでに崩壊している。

2.5.2. お千代の会計学

　山内一豊の妻がお千代と言う名前であることは、一般に知られて
いない。内助の功の代名詞として知られているにすぎない。お千代
の内助の功としては、持参金で一豊のために馬を購入した話が有名
である。
　一豊が織田信長・羽柴秀吉に仕え、安土で仕官をしている時に、
東国より馬を売る商人に出くわした。その中に、稀に見る毛並みの
よい名馬がおり、一豊はその馬を買える金があれば買いたいものだ
と思った。當時、自宅の長浜に帰り、「あの馬さえ手に入れば信長

오치요부인도 야마노우치 가즈토요의 아내인 동시에 며느리였을 것이다. '야마노우치 가즈토요의 아내'가 아내라고 표기되는 것은, 아마 여성의 입장에서 주체성을 표면으로 나타내려는 의도에서 나온 것은 아닐까 추측된다. 오치요부인이 가즈토요의 며느리라고 불리는 것보다는, 어디까지나 남편을 내조한 아내의 모범으로서 받들어야할 존재였기 때문일 것이다.

며느리는 아내이며, 결국은 시어머니도 된다. 원래 집이라는 것은 여자의 것으로, 여자가 관리하는 것이다. 며느리는 강하지 않으면 해낼 수 없다. 남편은 결국 생활비를 가져다주는 일벌에 지나지 않는다. 며느리의 영향 하나로 남편이 살기도 하고 죽기도 한다. 다부진 며느리 앞에서는 남편은 큰 소리를 칠 수 없을 것이다.

요즘은 핵가족화에 박차가 가해져 며느리를 지도할 시어머니가 없다. 시어머니에게는 원래 며느리로서의 마음가짐을 확실히 가르치는 역할이 있었지만, 그러한 가정 제도는 이미 붕괴하고 있다.

2.5.2. 오치요의 회계학

야마노우치 가즈토요의 아내의 이름이 오치요라는 것은 일반에 알려져 있지 않다. '내조의 공'의 대명사로서 알려져 있을 뿐이다. 오치요의 '내조의 공'이라는 것은 지참금으로 가즈토요를 위해 말을 구입한 이야기가 유명하다.

가즈토요가 오다 노부나가·하시바 히데요시를 섬겨, 아즈치에서 사관을 하고 있을 때, 동국지역에서 온 말을 파는 상인을 우연히 만났다. 그 중에 보기 드문 혈통 좋은 명마가 있어, 가즈토요는 그 말을 살 돈이

様のお目にとまるかもしれない。口惜しい」とお千代に漏らすと、鏡の箱の底から金10両を取り出して、「これであなたの欲しい馬をお買いなさい」と購入を勧めたということである。そこでその名馬を購入し、信長より一目置かれ、出世街道の一歩を踏み出すことができた。

　もう一つ、お互いに金銭面では恵まれない山内夫婦の生活ぶりについて、節約に関する内助の功のモデルケースがある。金銭面で余裕がないために食材などを切るまな板を買わず、米マスを裏返して用いるという倹(つま)しいヨメの工夫がよく知られている。家庭経済におけるやりくりもまた内助の功であるという一例である。

　山内一豊に対するお千代の内助の功として挙げられるのは、ダンナの仕事の進展のためにはお金なり労力を惜しまないという考え方と、山内家の財産を減らさず、いざという時に用いる資金を蓄えるという相反する考え方である。

　そして、お千代は、それにもまして、人の心をつかむおカネの使い方を心得ていた。一豊を訪ねてくる客人には、潔くおカネを使うのである。貧しい暮らしで、お金がなかった時は、自分の黒髪を切ってお金に換え、接待費に用いたものである。長浜の城主になり、お金まわりもよくなってくると、さらに接待費にお金を使うようになる。人と人との関係を良くしておかなければ出世など望まない。いかなる商売でもそうである。人を暖かく充分にもてなすことは、将来の収益につながるのである。

있다면 사고 싶다고 생각했다. 당시 자택인 나가하마로 돌아와, "저 말만 손에 넣는다면 노부나가님의 눈에 띌지도 몰라. 아쉽구나."하고 오치요에게 말을 흘리자 거울 상자 깊숙한 곳에서 금 10량을 꺼내, "이것으로 당신이 원하는 말을 사세요."라며 구입을 권유했다고 하는 것이다. 그래서 그 명마를 구입해 노부나가로부터 인정받아 출세가도의 일보를 내딛을 수 있었다.

또 하나, 서로 금전 면에서는 풍족하지 못한 야마노우치부부의 생활 모습에 대해 절약에 관한 '내조의 공'의 모델케이스가 있다. 금전 면에서 여유가 없기 때문에 식재료 등을 자르는 도마를 사지 않고, 쌀되를 뒤집어서 사용했다는 검소한 며느리의 고안이 잘 알려져 있다. 가정경제에 있어서의 변통도 또한 '내조의 공'의 일례이다.

야마노우치 가즈토요에 대한 오치요의 '내조의 공'으로서 들 수 있는 것은, 남편의 일의 진전을 위해서는 돈이든 노력을 아끼지 않는다는 사고방식과 야마노우치가의 재산을 줄이지 않고 만일의 경우에 쓸 자금을 비축해둔다는 상반된 사고방식이다.

그리고 오치요는 거기에다 한층 더, 사람의 마음을 사로잡는 돈의 사용법을 알고 있었다. 가즈토요를 방문해오는 손님에게는 선뜻 돈을 쓰는 것이다. 빈곤한 생활로 돈이 없을 때에는 자신의 검은 머리카락을 잘라 돈으로 바꿔 접대비로 사용한 것이다. 나가하마의 성주가 되어 자금사정도 좋아지자 한층 접대비에 돈을 쓰게 된다. 사람과 사람과의 관계를 잘 해놓지 않으면 출세를 바랄 수 없다. 어떠한 직업이라도 그렇다. 사람을 따뜻하게 충분히 대접하는 것은 장래의 수익에 연결되는 것이다.

つまり、売上に貢献する費用は、惜しみなく出す。売上とは、一豊の稼ぐ石高である。これを現代に置き替えれば、衣服は自分で仕立て、食べ物は、自分でこしらえ、安い家賃の家に住み、ダンナの将来に結びつくための費用は惜しみなく使うと同じである。ダンナの将来に結びつく費用というのは難しいが、たとえば、普段から接待についてある程度の常識的な費用は用意しておくべきだろう。

　また一豊が全財産(掛川城)を徳川家康に献上する、この一件もお千代の知恵であったといわれている。一豊は、越前で一万石の大名となり、長浜で二万石、掛川で六万九千石と栄転し、掛川城主となった頃、関が原合戦を迎えている。

　つまり、自分はいずれ城主になりたいとお千代に話した夢を実現した頃、天下分け目の戦いになったのである。お千代は、一豊が合戦によって功名をあげられないことを察していた。

　この頃までには、功名がなければ、手持ちの資産を投資するか、主君から絶対的な信頼を得るか、それ以外に方法がないことを承知していた。お千代は、掛川城という全財産をすべて主君、徳川家康に進呈すること、そしてそのことを誰よりも早く進言すること、この二つを遂行するよう一豊に指示したのである。一豊が唯一、収益を上げるポイントはそこしかなかったからである。

　お千代は掛川城明渡しによって高知(こうち)栄転の切符を手に入れたのである。

즉, 매상에 공헌할 비용은 아까워말고 쓴다. 매상이란 가즈토요가 번 녹봉으로 나오는 쌀이다. 이것을 현대로 바꿔보면 의복은 자신이 만들고, 음식은 자신이 준비하고, 집세가 싼 집에 살며, 남편의 장래에 결부하기 위한 비용은 아낌없이 사용하는 것과 같다. 남편의 장래에 결부되는 비용이라는 것은 어렵지만 예를 들어, 평상시 접대에 관해 어느정도의 상식적인 비용은 준비해두어야 할 것이다.

또 가즈토요가의 전 재산(가케가와성)을 도쿠가와 이에야스에게 헌상한 이 한 건도 오치요의 지혜였다고 전해진다. 가즈토요는 에치젠에서 일만 석의 다이묘(에도시대에 만석이상을 영유하던 막부 직속의 무사)가 되어 나가하마에서 이만 석, 가케가와에서 육만 구천 석으로 영전(榮轉)해, 가케가와 성주가 된 즈음, 세키가하라 전투를 맞이하게 된다.

즉, 자신은 언젠가 성주가 되고 싶다고 오치요에게 말했던 꿈을 실현했을 때, 천하를 판가름하는 싸움이 난 것이다. 오치요는 가즈토요가 전투에 의해 공명을 얻을 수 없는 것을 알고 있었다.

이때까지는 공명이 없으면 수중의 자산을 투자하든지, 주군으로부터 절대적인 신뢰를 얻든지, 그것 이외의 방법이 없는 것을 잘 알고 있었다. 오치요는 가케가와성이라는 전 재산을 전부 주군인 도쿠가와 이에야스에게 드리는 것 그리고 그것을 누구보다도 빨리 진언하는 것, 이 두 가지를 수행하도록 가즈토요에게 지시한 것이다. 가즈토요가 유일하게 수익을 올릴 포인트는 그것밖에 없었기 때문이다.

오치요는 가케가와성을 바친 것에 의해 고치(高知) 영전(栄転)의 표를 손에 넣은 것이다.

2.5.3. 愛または内助の功

　愛という言葉は、人間の営みの中で最も重要な概念であるという認識は永久不変のものだろう。しかし、愛とは何かと問われれば、答えに窮する。愛にもさまざまな種類があるが、中でも夫婦愛はあまり取り上げられない。あたりまえすぎるのだろう。

　一豊夫妻の愛の物語は、戦国時代における希少な夫婦愛として珍重された。つまり、夫の出世のために献身的な愛情をそそぐというストーリーである。世に、その愛のことを内助の功と呼ぶ。しかし、ダンナの稼ぎに貢献をするということが内助の功の意味するところであるとすると、もしかすると、ヨメはダンナなどどちらでもよく、ダンナの出世や稼ぎにのみ関心があることになりはしまいか。

　内助の功とはダンナが会社的に成功することを陰ながら支えるという愛である。本来、愛とは、相手が社会的に成功しようがしまいが、「あなたが好きだから」ということではなかっただろうか。そうであれば、内助の功といわれても、何か胡散臭(うさんくさ)いものがある。

〈어휘〉

そらんじる	まにまに
じたばた	うべなう
がんじがらめる	しなやか

2.5.3. 사랑 또는 내조의 공

사랑이라는 단어는 인간의 행위 중에서 가장 중요한 개념이라는 인식은 영구불변일 것이다. 하지만 사랑이란 무엇이냐고 묻는다면 대답이 막힌다. 사랑에도 여러 가지 종류가 있지만 그 중에서도 부부애는 별로 예로 들지 않는다. 너무 당연하기 때문일 것이다.

가즈토요 부부의 사랑의 이야기는 전국시대에 걸친 희소한 부부애로서 소중하게 여겨진다. 즉, 남편의 출세를 위해 헌신적인 애정을 쏟는다는 이야기이다. 세상은 그 사랑을 '내조의 공'이라고 부른다. 하지만 남편의 일에 공헌한다는 것이 내조의 공을 의미하는 것이라고 한다면 어쩌면 며느리는 남편은 어떻게 되어도 좋고, 남편의 출세나 돈벌이에만 관심이 있는 것이 되어버리는 것은 아닌가.

내조의 공이란 남편이 사회적으로 성공하는 것을 남몰래 지지하는 사랑이다. 본래, 사랑이란 상대가 사회적으로 성공하든 말든, "당신을 사랑하니까"라고 하는 것은 아니었을까. 그렇다면 내조의 공이라고 해도 어쩐지 미심쩍은 부분이 있다.

〈어휘〉

외다, 암기하다, 암송하다	되어 가는대로 맡기는 모양
손발을 버둥거리면 저항하는(몸부림치는) 모양	인정하다, 승낙하다
(끈, 줄등으로) 친친 얽어맴 (사물에 구속되어) 꼼짝달싹 못 함	휘어지는 모양, 낭창낭창함, 부드러움, 나긋나긋함, 상냥함, 어진 모양

第3章

日本文化のなかの女性

3.1. 名前と女性

3.1.1. 名前とは

「女は三界に家なし」ということばがある。

これは、中国の儒教思想からきたもので、「婦人に三従之義有り、専用之道無し、故に未だ嫁(か)さずば父に従い、既に嫁としては夫に従い、夫死しては子に従う」とあって、つまり三千世界どこにも女の住む家はないということである。

この思想が、古くからあったことは、『源氏物語』にも「女には三従の徳というのがあるそうだが、順序を誤ってこのわたしの気ままにするなどというのはとんでもないことだ」(藤袴)とみられることでわかるが、実際はどうであろうか。

제3장

일본문화 속의 여성

3.1. 이름과 여성

3.1.1 이름이란

'여자는 삼계(三界)에 집이 없다'라는 말이 있다.

이것은 중국의 유교사상에서 온 것으로 "결혼한 여자에게는 따라야 할 세 가지 의가 있어서 함부로 행동해서는 안 된다. 아직 시집을 가지 않았다면 아버지를 따르고 이미 시집을 갔으면 남편을 따르고 지아비가 죽으면 아들을 따라야한다"라고 해서 즉, 넓은 세계 어디에도 여자가 살 집은 없다는 것이다.

이 사상이 오래 전부터 있었다는 것은 『겐지모노가타리(源氏物語)』에도 "여자에게는 삼종(三從) 의 덕이라는 것이 있는데 순서를 잘못하여 자기 마음대로 한다는 것은 당치도 않는 일이다"(후지바카마 藤袴)라는 부분에서 알 수 있는데 실제로는 어떨까.

　「女は三界に家なし」ということは、うらがえし考えれば、三千世界がすべて「家」ということである。

　女性には、子どもを育てるという巣づくりの本能があって、三千世界に家がないが、嫁にいった先で、姑や小姑に夫の手前、猫のようにおとなしく従ってはいる。が、子どもを持ち、しだいに実力をつけてくると、いつのまにか、その家に生れた時から、ずっと生活していたように、堂々と実権を握っている。

　現在の場所を、いつのまにか居心地のよいようにくふうして巣づくりする手なみは、男性の考えおよばないことにちがいない。ひとつひとつ、積み重ねてゆく忍耐強さが、最後には家のすみずみにまでおよんで、女性の息のかかったものに変えられてゆくのである。

　こうした毎日のなにげないくりかえしが、子どもを育て上げ、家をつくってゆく原動力でもある。

　父や母から「おまえは今日からは、この家の者ではない。嫁ぎ先をおまえの家と考えて、死んでも帰ってくるな」と言いきかされて、娘たちは嫁にいった。しかし、結婚しても実家とのつながりは、きれるどころか、いっそう強く、深く結びついていた。

　社会的にだけでなく、意識のうえでも「うまれた家」は絶対的なものであった。例えば、源頼朝と結婚した北条政子が、終生「北条」を名のっていることからも、この実状がうかがえる。

　本章では女性と名前の関係を探ってみたいと思う。

　日本の女性の名前はいろいろな点で実に屈折のある歴史をもってきた。それはさながら日本のことばの歴史の象徴のようでもある。

‘여자는 삼계(三界)에 집이 없다’라는 것은 뒤집어 생각하면 넓은 세상이 전부 ‘집’인 것이다.

여성에게는 아이를 키운다는 보금자리 만들기의 본능이 있어 넓은 세계에 집이 없지만, 시집간 곳에서 시어머니나 시누이에 남편의 앞에서 고양이처럼 얌전히 순종하고는 있다. 하지만 아이를 갖고 점차 실력을 붙어 가면 어느새 그 집에서 태어났을 때부터 계속 생활하고 있었던 것처럼 당당히 실권을 쥐고 있다.

현재의 자리를 어느새 마음이 편하도록 궁리해서 가정을 만드는 솜씨는 남성의 생각에는 미치지 않는 것임에 틀림없다. 하나하나 점차 쌓여가는 강한 인내심이 결국에는 가정의 구석구석에까지 미쳐서 여성의 숨결이 닿은 곳으로 바뀌어가는 것이다.

이런 매일의 자연스런 되풀이가 아이를 성장시키고 가정을 만들어가는 원동력인 것이다.

아버지와 어머니로부터 “너는 오늘부터는 이 집의 사람이 아니다. 시집을 너의 집이라고 생각하고 죽어도 돌아오지 말거라”고 훈계를 받고 딸들은 시집을 갔다. 그러나 결혼해도 친정과의 관계는 끊어지기는 커녕, 한층 더 강하고 깊게 맺어져 있었다.

사회적으로 뿐만 아니라, 의식면에서도 ‘태어난 집’은 절대적인 것이었다. 예를 들면, 미나모토노 요리토모와 결혼한 호죠마사코가 평생 ‘호죠’를 자기 이름으로 쓰고 있는 것에서도 이 실상을 엿볼 수 있다.

이번 장에서는 여성과 이름의 관계를 살펴보려 한다.

일본 여성의 이름은 여러 가지 면에서 실로 굴절 있는 역사를 가져왔다. 그것은 마치 일본 말의 역사의 상징 같기도 하다.

　たしかに女性の名前そのものは単純きわまる歴史でしかないけれども、その単純さは、日本の女性がどういう女性であったかということと深い関係があると考えるとき、逆に無限の問題をもつという意味においてで名前なんていうものはたかが符号じゃないか、なんだってかまわない、人と区別さえできたらそれでいいということを言う人もたまにはある。

　しかし、大多数の人々は、それではだめだということを十分よく知っている。自分のこどもにどんな名前をつけようかということは、若いおかあさんたちの強い関心の的である。

　たしかに名前をつけることは楽しい作業である。人間をつくることに似たひそやかな喜びの気持ちが動く。名前をつけることじたいがすでにこどものしあわせをつくる第一歩でもあるかのように、積極的な姿勢がとれるのである。おそらくその母親たちは、名前がいろいろな意味で人生にたいせつな役割をはたすことをなんとなく知っているにちがいない。

　まさしく名前というものは人生にとってだいじな役割をはたすものである。名前についてとくに事件もおこらず、波風のない人生を送る場合ももちろん多いけれども、それはそういうことがおこらずにすむ名前がついていたということを意味している。また歴史的変貌(へんぼう)をみても、名前は意外に人生そのものに関与することが多いのである。

　名前の話というものは、いわば次から次へとエピソードが生れるものであって、いくつかの物語を集めた。しょせんそれは女性がどのように生きることをしいられてきたかを語るものであった。

확실히 여성의 이름 그 자체는 단순하기 짝이 없는 역사에 지나지 않지만, 그 단순함은 일본 여성이 어떤 여성이었는가와 깊은 관계가 있다고 생각할 때, 반대로 무한의 문제를 가진다는 의미에 있어서 이름이라고 하는 것은 고작 부호가 아닐까하며 뭐든 상관없다며 다른 사람과 구별만 할 수 있으면 그것으로 좋다고 말하는 사람도 간혹 있다.

그러나 대다수의 사람들은 그러면 안 된다는 것을 충분히 잘 알고 있다. 자기 아이에게 어떤 이름을 붙일까하는 것은 젊은 어머니들의 큰 관심의 대상이다.

확실히 이름을 붙이는 것은 즐거운 작업이다. 인간을 만드는 것과 비슷한 은밀한 기쁨의 마음이 작용한다. 이름을 붙이는 것 자체가 바로 아이의 행복을 만드는 첫걸음이기라도 한 것처럼 적극적인 자세를 취하는 것이다. 아마도 그 어머니들은 이름이 여러 가지 의미로 인생에서 중요한 역할을 완수한다는 것을 막연히 알고 있음에 틀림없다.

틀림없이 이름이라는 것은 인생에 있어서 중요한 역할을 완수하는 것이다. 이름에 관하여 특별히 사건도 일어나지 않고, 풍파가 없는 인생을 보내는 경우도 물론 많지만, 그것은 그런 일이 일어나지 않고 끝나는 이름을 붙였다는 것을 의미하고 있다. 또 역사적 변모를 봐도 이름은 의외로 인생 그 자체에 관여하는 일이 많다.

이름 이야기라는 것은, 말하자면 잇달아 에피소드가 새로 만들어지는 것으로 몇 개가의 이야기를 모아봤다. 결국 그 내용은 여성이 어떻게 사는 것을 강요되어 왔는지를 말하는 것이었다.

3.1.2. カメコという名前

3.1.2.1. カメコの物語

一、私の名前は「亀子」である。この名が私につきまとっている
かぎり私はしあわせになれない。亀子という名がもってい
るこっけいさは私の幸福を台なしにしてしまう、しあわせ
な結婚につながるのではないかと思うような恋愛も、私の
名前を明らかにしたとたん続かなくなってしまう。なんと
かならないものかというのであった。

この人の場合、実際にカメコという名前のせいで男が別れていっ
てしまうのであろうか? ひょっとしたらこの人のもっている名前コ
ンプレックスというような心の動きが、若いふたりのつきあいを
だめにしてしまうのではないかとも思われる。しかしいずれにし
ろ、この女性が現代においては、ちょっとおかしいような自分の
名前にこだわり(あとでも述べるように「カメ」という名は昔におい
てはいっこうおかしくない名前であった)、悩んでいるのはまちが
いがないことであった。

〈어휘〉

台無し(だいなし)	しゃれ
熟す(こなす)	ごまかす
匂いやか(においやか)	偽り(いつわり)

3.1.2. 가메코라는 이름

3.1.2.1. 가메코 이야기

一, 나의 이름은 '가메코'이다. 이 이름이 나에게 붙어있는 한 나는 행복해질 수 없다. 가메코라는 이름이 가지고 있는 우스꽝스러움은 나의 행복을 망쳐버린다. 행복한 결혼으로 이어지는 것은 아닐까라고 생각한 연애도, 나의 이름을 밝히자마자 관계를 유지 할 수 없게 되어 버린다. 어떻게 안 될까라는 것이었다.

이 사람의 경우, 실제로 가메코라고 하는 이름 때문에 남자가 떠나버렸던 것일까? 어쩌면 이 사람이 가지고 있는 이름에 대한 콤플렉스와 같은 마음의 움직임이 젊은 두 사람의 교제를 허사로 만들어 버린 것은 아닐까도 생각된다. 하지만 어쨌건 간에 이 여성이 현대에는 좀 이상한 자신의 이름에 구애되어, (뒤에서도 서술하듯이 '가메'라는 이름은 옛날에는 전혀 이상하지 않은 이름이었다) 괴로워하는 것은 틀림없는 일이었다.

〈어휘〉

쓸모없는 모양, 엉망이 된 모양, 아주 망가진 모양	익살, 재치 있는 농담, 〈흔히, お~의 꼴로〉 멋쟁이
빻다, 잘게 부수다, (일 등을 계획대로)처리하다,	속이다. 어물어물 넘기다. 얼버무리다.
향긋함, 윤기 있고 아리따운 모습	거짓, 거짓말, 허위

　音は「カ・メ・コ」であっても、違う漢字を与えることによって
少しそれはごまかすことができる。そして日本語のように文字体系
がいくつもあって、音を表わす表音文字としてのかなと、意味やい
ろいろな感じを豊富に示す表意文字としての漢字とを複雑に使いこ
なす便利さがあることばでは、このごまかしがかなり簡単にでき
るのである。つまり亀子さんの場合は「香女子」、あるいは「香芽
子」、あるいは「加芽子」のようにシャレた感じを「カメコ」という
音にかぶせてしまうと、もしもし亀よのカメだということはちょっ
と忘れられて、その文字じたいのにおやかなふんい気で逆にきれ
いな名前だという印象さえ与えることができるのである。

　二．井上靖の小説「『加芽子』の結婚」の内容である。

　カメコという美しい女性がいた。彼女もやはり自分の名前の古く
ささがいやでならなかった。そのため彼女はいつも「加芽子」とい
うように自分の名をしるしていた。

　たまたま彼女には婚約者があった。とてもいい青年で、お互いの
気持ちはしっかりつながってやがての結婚をひかえ、そのしあわ
せはこの上ないものであった。ふたりの間にはたびたび手紙のや
りとりがあったが、もちろん彼女はいつも「加芽子」と自分の名を
しるすのであった。

　しかし彼女は彼との未来をいろいろ考え、ただ夢のようなロマン
ティックなふんい気に酔うばかりではなく、しっかりと現実をふ
まえ、人間と人間との結びつきの意味あいを考えているうちに戸籍
面での「かめ子」を「加芽子」というように言いかえている自分の一

음은 '가·메·코'이기는 해도 다른 한자를 부여하는 것에 의해서 조금은 그것을 얼버무리는 것이 가능하다. 그리고 일본어처럼 문자체계가 몇 가지나 있고, 소리를 나타내는 표음문자로서의 가나와, 의미나 여러 가지 느낌을 풍부하게 가리키는 표의문자로서의 한자를, 복잡하고 훌륭히 사용해내는 편리함이 있는 언어로는 이 얼버무리기를 상당히 간단하게 할 수 있다. 즉 '가메코(龜子)'의 경우에는 '가메코(香女子)' 혹은 '가메코(香芽子)' 혹은 '가메코(加芽子)'처럼 멋을 부린 느낌의 한자를 '가메코'라는 소리에 덧입히면[1] 거북이를 의미하는 음인 '가메(龜)'라는 것은 잠깐 잊혀져 그 문자 자체의 향긋한 분위기가 되어 거꾸로 아름다운 이름이라는 인상마저 줄 수 있을 것이다.

二, 이노우에 야스시의 소설 『가메코』의 결혼의 내용이다.

가메코라는 이름의 아름다운 여성이 있었다. 그녀도 물론 자신의 이름이 촌스러워 싫어서 어쩔 수 없었다. 그 때문에 그녀는 언제나 '가메코(加芽子)'라는 한문으로 자신의 이름을 적고 있었다.

마침 그녀에게는 약혼자가 있었다. 대단히 훌륭한 청년으로 서로의 기분은 착실하게 이어져서 결국은 결혼을 기다리며 그 행복은 더할 나위없는 것이었다. 두 사람은 빈번히 편지를 주고받았지만, 당연히 그녀는 언제나 '가메코(加芽子)'라고 자신의 이름을 적는 것이었다.

하지만 그녀는 그와의 미래를 다방면으로 생각하여 단지 꿈같은 로맨틱한 분위기에 취해있을 뿐만 아니라 확실히 현실에 입각해서 인간과 인간과의 결합의 의미를 생각하는 사이에 호적의 '가메코(かめ子)'를 '가메코(加芽子)'라는 한자로 바꾸어 말하는 자신의 일종의 거짓된

---

1) 이들은 의미는 다르지만 일본어로 읽으면 모두 음이 '가메코'로 같다.

種のいつわりの気持ちがいやになってきた。戸籍での「かめ子」と
私と同一人間であるのなら、なぜ、自分は「加芽子」というような
いつわりを犯さなければならないのだろうか、あるいは「かめ子」
では、ふたりの世界を築けないのだろうかといろいろ考えたあげ
く、一通のまことに真剣な手紙を彼女は彼のもとに書き送った。

　自分のほんとうの名は戸籍によると「かめ子」である。しかし自分
はその名のやぼくささのゆえに「加芽子」と書きならわしてきた。
しかし自分はあなたとのおつきあいを深める過程でそこに疑問が生
じてきた。正直に「かめ子」でおつきあいをしたいが、あなたはそ
れがいやですかというようなことである。彼の返事は実にいいもの
であった。私はあなたの名が「かめ子」であるということはすで
に知っていた。そしていつあなたが「かめ子」にかえって「加芽子」
を捨ててくれるかと心待ちにしていた。ぼくはかめ子さんが好き
ですというような内容のものだった。

　井上さんは自分の作品中の女性の名前にとくに凝る人であるとい
われているが、この小説で、名前をかえるより人間の考え方をかえ
ることがたいせつだし、人間のもつ魅力、美しさ、誠実さなどが
名前の少々のイメージづくりを上まわるものであるということを
物語ったのである。

　三．その人は、この世に生を受けた時、あるえらい坊さんの命名
で「亀子」という名をもらった。そして人にクスクス笑われながら
大きくなり、適齢期となって結婚をした。それから彼女「亀子」さ
んの受難の物語は始まるのである。

마음이 싫어졌다. 호적의 '가메코(かめ子)'와 자신이 동일 인물이라고 한다면 어째서 자신은 '가메코(加芽子)'라고 거짓말을 범하지 않으면 안 되는 것일까. 혹은 '가메코(かめ子)'로는 두 사람의 세계를 쌓을 수 없는 것일까라고 여러 가지로 생각한 결과, 그녀는 매우 진지한 한통의 편지를 그에게 보냈다.

자신의 실제 이름은 호적에 의하면 '가메코(かめ子)'이다. 그러나 자신은 그 이름이 촌스럽고 예쁘지 않아 '가메코(加芽子)'라고 오래전부터 써왔다. 그러나 나는 당신과 교제를 깊게 하는 과정에서 거기에 의문이 생겼다. 정직하게 '가메코(かめ子)'로 교제를 하고 싶지만 당신은 그것이 싫습니까라는 내용이었다. 그 사람의 답장은 아주 좋은 내용이었다. 나는 당신의 이름이 '가메코(かめ子)'라는 것은 이미 알고 있었다. 그래서 언제 당신이 '가메코(かめ子)'로 바꾸고, '가메코(加芽子)'를 버려줄까 하고 마음속으로 기다리고 있었다. 나는 가메코(かめ子)씨를 좋아합니다라는 내용인 것이었다.

이노우에씨는 자신의 작품 속의 여성의 이름에 특히 공들이는 사람이라고 하지만 이 소설에서 이름을 바꾸는 것 보다 사고방식을 바꾸는 것이 중요하며 인간이 가진 매력, 아름다움, 성실함 등이 다소 이름이 만드는 이미지를 뛰어넘는다는 것을 이야기 한 것이다.

三, 그 사람은 이 세상에 태어났을 때, 어느 훌륭한 승려의 명명으로 '가메코(亀子)'라는 이름을 얻었다. 그래서 사람에게 킥킥 놀림을 받으며 자랐고 적령기가 되어 결혼을 했다. 그리고 나서 그 여자 '가메코(亀子)'씨의 수난의 이야기는 시작된다.

　いままでの「ヤァーイ、カメよ」という類のからかいなら、まだ
シクシク泣いたり、ときには言い返したりですむ、家に帰れば親
に泣きついて、みんなはあんたの名前のいいことを知らないから
そんなことを言うのだ、いい名前なのだからいばった顔をして
りゃいいというようななぐさめですんだかもしれない。しかし婚
家先での事情はそういう生やさしい情況とはまるで違ったもので
あった。

　日本の社会では非常に多かった嫁の嘆きの物語の動機の一つが、
この人の場合、「亀子」という名前のせいになるのである。笑われる
のも、こどものおりの悪童のからかいとはまるで違う陰湿な冷たい
刃のようなものであった。その人の名が「亀子」であることがまる
で諸悪の根源であるような感じがするほど「亀子」という名は嘲笑
（ちょうしょう）され、嫁としてのつらさは「亀子」という名に象徴
的に表われるのであった。何もかもがあまりにもつらい、ついに
その人は改名を思いついた。そしてこの人の場合、正式に戸籍面で
の改名は可能になったよしである。

〈어휘〉

凝る(こる)	なぐさめる
嘆き(なげき)	上まわる(うわまわる)
嘲笑(ちょうしょう)	ありふれる

지금까지의 「야 이 가메야(龜)」라는 식의 조롱이라면 겨우 훌쩍훌쩍 울거나 때로는 항변하거나 하면 되었고 집에 돌아오면 부모에게 울며 매달려, 모두 너의 이름이 좋은 것을 모르기 때문에 그렇게 말하는 거야 좋은 이름이니까 뽐내는 얼굴을 하면 돼 라는 식으로 달랬을지도 모른다. 그러나 시집에서의 사정은 그런 쉬운 정황과는 전혀 다른 것이 었다.

일본사회에서는 매우 많았던 며느리의 한탄 이야기의 동기의 하나가 이 사람의 경우 '가메코(龜子)'라는 이름 탓이 된 것이다. 놀림 받는 것도 어렸을 때 악동의 조롱과는 전혀 다른 음습한 차가운 칼날 같은 것이었다. 그 사람의 이름이 '가메코(龜子)'라는 것이 마치 모든 악의 근원인 것 같은 느낌이 들 정도로 '가메코(龜子)'라는 이름은 비웃음 받고, 며느리로서의 괴로움은 '가메코(龜子)'라는 이름에 상징적으로 나타나는 것이었다. 뭐든지 너무나도 괴로워서 마침내 개명을 생각했다. 그렇게 하여 이런 사람의 경우, 정식으로 호적상의 개명이 가능하게 된 이유이다.

〈어휘〉

엉기다, 열중하다, 빠지다	달래다
비탄, 한탄	상회하다, 뛰어나다
조소, 비웃음	흔해빠지다

3.1.2.2. カメコの背景

　まず、「カメ」という名前じたいは江戸時代あたりだときわめて
ありふれていて、おかしくもなければすばらしい名前でもない。
いわば平均値的な性格を帯びていた。

　しかし、明治以後、動物の名前は徐々に姿を消し、現代では「カ
メ」はまったくコミカルな性格を帯びるに至った。まず動物として
の亀のイメージ。めでたいものの象徴のようなこの動物も女の名前
という段になるともうひとつ冴(さ)えない。相棒のツルのほうはま
だしもである。「ツルコ」さんよりは「カメコ」さんのほうがずっと
悲劇度が高いであろう。そして昔だと、この名前はあまりに多かっ
たから、逆にこれは人の名前だというほうの印象が先に立って、動
物のカメに心が及ばないということがあろう。

　いわば「カメ」というのが動物の一種としての意味をもつよりは、
人と結びつけて使われるとき、当然「カメ」みたいな人などとも思
わず、「カメ」と人間とのイメージを重ねてクスクス笑ったりもし
ない。それは動物の「カメ」を見て、ああ「亀」と思う場合とは違
うのである。

　女の名前の一種と思うだけで、つまり「カメ」といっても場合に
よって意味が違ってくるといえるのである。女の場合だけでない。男
も「亀」という字を使った名はさぞ多かったであろう。「亀雄」「亀松」
「亀之助」「亀吉」「亀次郎」「亀造」、おそらくこんな名がそこいら
にあふれていたであろう。とすれば、男も女も「カメ」さんだらけ
で名前の「カメ」にはみんなは不感症になっているということである。

3.1.2.2. 가메코의 배경

　우선, '가메'라는 이름 자체는 에도시대 무렵에는 매우 흔한 이름이었고, 이상하지도 않으며 훌륭한 이름도 아니다. 말하자면 평균치적 성격을 띠고 있다.

　그러나 메이지시대 이후 동물 이름은 조금씩 자취를 감추고, 현대에 와서는 '가메'는 완전히 코믹한 성격을 띠기에 이르렀다. 먼저 동물로서 거북이의 이미지. 경사스러운 상징 같은 이 동물도 여자의 이름으로 구분되면 한층 더 석연치 않다. 상대가 학(일본어로 「쓰루」)이라면 그런대로 괜찮다. '쓰루코'씨 보다는 '가메코'씨 쪽이 꽤 비극도가 높을 것이다. 그리고 옛날이라면 이 이름은 너무 많았기에 오히려 이는 사람의 이름이라는 인상이 앞서서 동물인 거북이에 생각이 미치지 못한다는 것이다.

　말하자면, '가메'가 동물의 일종으로서의 의미를 가지기 보다는 사람과 결합해 사용될 때, 당연히 '거북이'같은 사람으로는 생각지 않고, '거북이'와 인간의 이미지를 겹쳐서 킥킥 웃지도 않는다. 그것은 동물인 '가메'를 보고 아아 '거북이'구나라고 생각하는 경우와는 다른 것이다.

　여자 이름의 한 종류라고 생각한다면, 결국 '가메'라고 말해도 경우에 따라 의미가 달라진다고 할 수 있다. 여자 경우만이 아니다. 남자도 '가메(亀)'라는 한자를 사용하는 이름은 아마 많았을 것이다. '가메오(亀雄)' '가메마츠(亀松)' '가메노스케(亀之助)' '가메키치(亀吉)' '가메지로(亀次郎)' '가메조(亀造)'등 필시 이런 이름이 많이 넘쳤을 것이다. 그렇다면 남자도 여자도 '가메'씨 투성이로 이름의 '가메'에는 모두 불감증이 되어 있는 것이다.

　ところが現代では、「亀」であれ「牛」であれ「馬」であれ、はなはだわれわれの感覚からは遠い名づけかたになっているので、「カメ」といえば人名構成要素のことばとは思わず、直接に動物の「亀」と人間とを重ねてしまうのである。

〈어휘〉

めでたい	心が及ぶ(こころがおよぶ)
結びつける(むすびつける)	大名(だいみょう)
町人(ちょうにん)	公卿(くげ/くぎょう)

3.1.3. 権力者の娘の名前

　一部の女性たちは堂々と漢字に「子」がついた名前をもっていたのである。その一部の人たちというのは、いわば表だった権力階級であった。町人の娘たちはどんなに金持ちの家の娘であっても、なかなか漢字の名、「子」のついた名は採用しなかったのであろうと考えられる。金の力、ときには大名さえ震えさすような経済力も、女の名前におおっぴらに漢字や「子」を採用するだけの魔力はなかった。あるいはさらにうがてば、もののわかったしっかりした町人たちは、むしろからいばりめいたそんな名を女の子につけるようなことは、かえってやぼなことだと思っていたかもしれない。

　つまり、一部の権力者たちとは江戸時代にあっては武士階級、そしてかつての栄光をいまはただむなしく形骸にのみとどめている公卿(くげ)たち、そうしたところにのみ女の漢字名やさらに「子」が存在していたのである。

그러나 현대에는 '거북이'든 '소'이든 '말'이든 우리들의 감각과는 매우 동떨어진 작명방법이 되어서 '가메'라고 말하면 인명 구성요소의 말이라고 생각하지 않고, 바로 동물의 '거북이'와 인간을 겹쳐버리는 것이다.

〈어휘〉

평가나 평판 등이 좋다	생각이 미치다
맺어지다, 결합하다	일본의 막부정권 시대에 1만 석 이상의 독립된 영지를 소유한 영주
에도시대, 도시의 상인장인 계층의 사람. 특히 상인	〈본문의〈げ/공경〉 옛날 일본 조정의 대신들과 대정관등의 조관을 말함

3.1.3. 권력자의 딸 이름

일부 여성들은 당당히 한자에 '자(子)'를 붙인 이름을 가지고 있었다. 그 일부의 사람들은 말하자면 공식적인 권력계급이었다. 상인의 딸들은 아무리 부잣집 딸이라도 좀처럼 한자이름에 '자(子)'가 붙은 이름은 사용하지 못했을 것이라고 생각한다. 재력, 때로는 다이묘마저 흔들 수 있을 경제력도 여자의 이름에 서슴지 않고 한자와 '자(子)'를 사용 할 만큼의 마력은 없었다. 혹은 더욱더 파고들면, 그 이치를 안 제대로 된 상인들은 오히려 허세부리는 것 같은 그런 이름을 여자아이에게 붙이려는 것은 도리어 촌스런 것이라고 생각했을지도 모른다.

즉, 일부의 권력자들이란 에도시대에 있어서는 무사계급, 그리고 예전에는 영광을 누렸지만 지금은 단지 헛된 빈 껍데기에만 그쳐있는 귀족들, 그러한 사람들의 여자들에게만 한자 이름이나 또한 '자(子)'가 존재했다.

　もちろんそれぞれに例外はあっても、そうした女の名前を見ると、人はああこの人はこれこれの身分の人だなと思うくらいにはなっていたのである。ここでかつての高貴な階級の女たちの名前を見てみよう。平安朝中期の藤原(ふじわら)家の系図の中の女の人の名前は次のようである。

　　順子、高子、明子、多美子、穆子、穏子、褒子

　具体的にどう読んでいるかは不明であるが、はるか昔の女の人の名前だというには、あまりにも現代とかわらなさすぎると思うくらいに、私たちにとって普通の名前ばかりである。一目見て、これは平安時代の名前だなどという判断は成立しない。ここでは時代によって女の人の名はかわっていないで、こういう階級の人たちが漢字や「子」が使えるのだなということがわかるだけである。

　藤原(ふじわら)家の系図に見たような平安朝以後、権力階級の女性の名前は具体的にどんなものがあったのだろうか。

　下総(しもうさ)の国木内荘の地頭となった千葉家の一族、木内氏の系譜中の女の名前をながめて見る。鎌倉時代から現在に至る実に八百年あまりにわたる女性の名前の記録である。その人々の名前はもちろんすべて漢字で書かれている。

〈어휘〉

かつて	人目見る(ひとめみる)
具体的(ぐたいてき)	いかにも
眺める(ながめる)	渡る(わたる)

　　물론 각각 예외는 있어도 그러한 여성들의 이름을 보면 그 사람은 아 이 사람은 이러이러한 신분의 사람이라고 판단할 수 있는 정도는 되었던 것이다. 여기에서 예전의 고귀한 계급의 여자들의 이름을 살펴보자. 헤이안 시대 중기의 후지와라가의 계보 속의 여자의 이름은 다음과 같다.

　　順子、高子、明子、多美子、穆子、穩子、褒子

　　구체적으로 어떻게 읽고 있는지는 분명하지 않지만, 아득한 옛날 여성의 이름치고는 지나치게 현대와 너무 다를 바 없다고 생각할 정도로 우리들에게 있어서 보통의 이름일 뿐이다. 한눈에 봐서, 이것은 헤이안 시대의 이름이라는 판단은 성립하지 않는다. 여기에서는 시대에 따라서 여자의 이름은 바뀌지 않고, 이런 계급의 사람들이 한자나 '자(子)'가 붙은 이름을 사용할 수 있다는 것을 이해할 수 있을 뿐이다.

　　후지와라가의 계보에서 본 것과 같이 헤이안시대 이후 권력계급 여성의 이름은 구체적으로 어떤 것이 있었을까.

　　시모우사의 치바가 일족, 기우치씨의 계보 속 여성의 이름을 살펴보자. 가마쿠라시대부터 현대에 이르기까지 실로 800년 남짓 계속되는 여성 이름의 기록이다. 그 사람들의 이름은 물론 모두 한자로 쓰여 있다.

〈어휘〉

이전에, 옛날에	한눈에 보다
구체적	매우, 제법
눈여겨보다	지나가다. 통과하다

　ざっと見てみると、彼女たちの名前は二通りに分かれる。一つは漢字に「子」がついた名、もう一つは同じく漢字であるが、「子」のないタイプである。前者のほうがずっと数が多いのであるが、少数の「子」のないほうのもまたいかにも武家の人の名前らしくておもしろい。次のようなものである。

琴鶴　乙鶴　千歳（ちとせ）　綾瀬　薗江（そのえ）　三島　尾志尾　弥生（やよい）　豊浦　澤江　浦野

　こういう名のほとんどは、現在の私たちはちょっとつけにくい感じがするが、妙なことには、そのつけにくさというものはお亀さんやお虎さんのつけにくさとは違う種類のものである。よい意味で時代がかっていて、まるで歌舞伎(かぶき)に出てくる御殿女中のような感じである。

　しかし、昔のある時代に対する一種の郷愁のようなものをよびおこすに足りる名前ばかりである。

　次にあげるのは「子」のついた名前の種類である。この中にはたびたび出てくる名も多いが、ここでは回数は別として、とにかくどんな種類の名があるかを掲げておく。

志摩子	志野子	花子	浪子	増子	美知子	蔦子	美濃子	季子	操子
曽根子	屋寿子	千世子	浜子	里尾子	磯子	冨子	浦子	時子	仲子
良子	孝子	梶子	歌子	澤子	秀子	美禰子	八重子	千代子	絹子
繁子	房子	民子	今子	次子	延子	春子	雪子	菊子	蓮子
登栄子	芳子	扶佐子	照子	高子	勇賀子				

간략하게 살펴보면, 그녀들의 이름은 두 가지로 나누어진다. 하나는 한자에 '자(子)'가 붙은 이름, 또 하나는 마찬가지로 한자이지만 '자(子)'가 없는 유형이다. 전자의 수가 훨씬 많이 있지만, 소수의 '자(子)'가 없는 이름도 또한, 자못 무사 집안의 이름다워서 재미있다. 이는 다음과 같은 것이다.

琴鶴　乙鶴　千歳　綾瀬　薗江　三島　尾志尾　弥生　豊浦　澤江　浦野

이런 이름의 대부분은 현재의 우리들은 조금 명명(命名)하기 어려운 느낌이 있지만, 이상한 것은 그 명명하기 어려움이라는 것은 오카메씨(거북이님)와 오도라씨(호랑이님)의 명명하기 어려움과는 다른 종류의 것이다. 좋은 의미로 고풍스럽고, 마치 가부키에 나오는 궁중하녀와 같은 느낌이다.

그러나 옛날 어느 시대에 대한 일종의 향수 같은 것을 불러일으키기에 충분한 이름뿐이다.

다음에 예로 드는 것은 '자(子)'가 붙은 이름의 종류이다. 이 중에는 자주 나오는 이름도 많지만 여기에서는 횟수는 별도로 하고 어쨌든 어떤 종류의 이름이 있는지를 실어두기로 한다.

志摩子	志野子	花子	浪子	増子	美知子	蔦子	美濃子	季子	操子
曽根子	屋寿子	千世子	浜子	里尾子	磯子	冨子	浦子	時子	仲子
良子	孝子	梶子	歌子	澤子	秀子	美禰子	八重子	千代子	絹子
繁子	房子	民子	今子	次子	延子	春子	雪子	菊子	蓮子
登栄子	芳子	扶佐子	照子	高子	勇賀子				

　木内家の女の名前は、いまも多くの人たちが使っている、どちら
かというと平凡な名も多い。しかし、現在だれもがいともやすやす
とつけている名が、かつては特権的な武士の名だたる人々に許され
ていた名だと思って見るとき、一種の感慨にふけることができよう。

3.1.4. 宗門人別帳の名前

　江戸時代の女の名前の資料に、宗門人別帳という、キリシタン改
めのための、寺で扱っていた戸籍帳のようなものの中に多量に女の
名前が記載されている資料がある。たとえば過去帳などでは、何某
の妻とだけしか書かれていないはずの人たちが、「トメ」「チヨ」「イ
チ」などと書かれていた。

3.1.4.1. 2,942人に116の名前

　京都丹波(だんば)亀岡の馬路(うまじ)村という所の宗門人別帳をと
りあげてみよう。典型的な農村地区である。さてこの馬路村の女性
の名前を調査し、整理表を作ってみた。延べで、2,942名。もし現
代においてこれだけの女性の名前の調査をやるとかなりおおごとに

〈어휘〉

掲げる(かかげる)	やすやす
系図(けいず)	並一通り(なみひととおり
心配り(こころくばり)	ありきたり

기우치가의 여성의 이름은 아직도 많은 사람들이 사용하고 있는 이름이다. 굳이 따지자면 평범한 이름도 많다. 그러나 현재 누구나 아주 쉽게 붙이고 있는 이름이 예전에는 특권적인 무사의 이름으로 쟁쟁한 사람들에게 허락 되었던 이름이라고 생각해 볼 때 일종의 감개에 젖을 수 있을 것이다.

3.1.4. 슈몬닌베쓰쵸의 이름

에도시대 여성의 이름에 대한 자료에 슈몬닌베쓰쵸라고하여 기독교 개종을 위해 절에서 담당하고 있던 호적부 속에 여성의 이름이 다량으로 기재되어 있는 자료가 있다. 예를 들면 과거장[2] 등에서는 아무개의 아내로 밖에 쓰여 있지 않을 터인 사람들이 '도메' '지요' '이치'등으로 쓰여 있다.

3.1.4.1. 2,942명 중에 116개의 이름

교토 단바 가메오카의 우마지촌이라는 곳의 슈몬닌베쓰쵸를 예로 들어보자. 전형적인 농촌지구이다. 이제 이 우마지촌 여성의 이름을 조사하여, 정리표를 만들어 보았다. 총계 2,942명. 만약 현대에서 이 만큼의

〈어휘〉

싣다, 게재하다	간단히, 손쉽게
계도, 계보	아주 보통인 모양
배려	흔히 있는, 진부한

2) 귀적, 절 사원에서 죽은 자의 법명, 사망년월일 등을 기록해 둔 장부.

なる。表を作れば、相當の行数がいるだろう。しかし馬路村の女性
は、労力は同じとしてもできあがった整理表は実に簡単であった。
全体の七五%が次の表におさまってしまうのである。

〈名前の表〉

うの	はる	むめ	うた	まつ	ぬい	なを	とめ	くま	ちよ	かめ
とみ	しげ	すて	いと	つる	とき	まさ	いそ			

(以上の名前をもっている人の比率は全体の二五%)

こと	いし	つや	みよ	きく	きよ	とよ	たけ	ふさ	もと	いさ
なか	やえ	いよ	さと	てる	くに	りう	いわ	くり	たつ	とら
ひさ	いち	この	しか	すゑ	その	とせ	ふち	くめ	さよ	

(ここまでに属するもの五〇%)

つね	ゆき	りき	さき	そで	みつ	みね	きぬ	しづ	しな	たみ
つた	かつ	こむめ	せつ	なか	ふで	もよ	もん	やす	かね	とさ
とり	かる	きさ	こま	みと	わさ	かの	きと	まち	みわ	りよ
いく	こまつ	ちか	よそ	くら	ことり	すみ	そよ	たき	たか	つき
はや	やな	えい	かと	きん	こはる	さく	しん	つい	てい	みき
かな	きせ	ちく	のぶ	はつ	ひで	まさ	ます	みを	りん	

(ここまでに属するもの七五%)

여성의 이름을 조사한다면 매우 큰 일이 된다. 표를 만들면 상당한 줄
이 필요할 것이다. 그러나 우마지촌의 여성은 숫자는 동일하다해도 완
성된 정리표는 실로 간단했다. 전체의 75%가 다음 표로 정리되어 버리
는 것이다.

〈이름을 정리한 표〉

うの	はる	むめ	うた	まつ	ぬい	なを	とめ	くま	ちよ	かめ
とみ	しげ	すて	いと	つる	とき	まさ	いそ			

(이상의 이름을 가진 사람의 비율은 전체의 25%)

こと	いし	つや	みよ	きく	きよ	とよ	たけ	ふさ	もと	いさ
なか	やえ	いよ	さと	てる	くに	りう	いわ	くり	たつ	とら
ひさ	いち	この	しか	すゑ	その	とせ	ふち	くめ	さよ	

(여기까지 속하는 사람 50%)

つね	ゆき	りき	さき	そで	みつ	みね	きぬ	しづ	しな	たみ
つた	かつ	こむめ	せつ	なか	ふで	もよ	もん	やす	かね	とさ
とり	かる	きさ	こま	みと	わさ	かの	きと	まち	みわ	りよ
いく	こまつ	ちか	よそ	くら	ことり	すみ	そよ	たき	たか	つき
はや	やな	えい	かと	きん	こはる	さく	しん	つい	てい	みき
かな	きせ	ちく	のぶ	はつ	ひで	まさ	ます	みを	りん	

(여기까지 속하는 사람 75%)

　名前の種類はたったの116種類である。問題の「かめ」もちゃんと
ある。このかめはなかなか多い名で、もっともよく使われる部類
に属していた。

〈어휘〉

属する(ぞくする)	部類(ぶるい)
類型的(るいけいてき)	皆無(かいむ)
随筆(ずいひつ)	不思議(ふしぎ)

3.1.4.2　いまの名前との違い

　これらの女性の名前といまの女の子の名前との違いは何だろうか。
その違いは二つの方面から考えられる。まず第一には次のことが観
察される。すでに述べたように動物に関係のあるものが多い〈く
ま・とら・かめ・つる・りう・たつ・とり・こま、など〉とか、植
物が女の名前に関係していることは現代と同じだけれども、種類が
違う〈まつ・たけ・うめ、というような類型的なおめでたいものが
多く、いまのように、さくら・あかね・かんな・ゆり・あさ、と
いった美的な感じのものは使わない〉とかいうことは、名前の意味
論的な要素であるが、その方面における違いが一つ。
　次に現代と比べて大そう異なるのは、どういう文字を使うかとか、
何字使うかという型の問題である。この方面も意味的なもの以上に
いまと違うのである。つまり、型の対立がこの時代と現代とでは存
在するということである。この型の問題を整理してみよう。

이름의 종류는 겨우 116종류이다. 문제의 '카메'도 분명히 포함되어 있다. 이 카메는 꽤 많은 이름으로 가장 자주 사용되는 부류에 속하고 있다.

〈어휘〉

속하다, 포함되다	부류
유형적	전무
수필	불가사의

3.1.4.2 지금의 이름과의 차이

표에 있는 여성의 이름과 지금 여성들의 이름과의 차이는 무엇일까? 그 차이는 두가지 방면에서 생각 할 수 있다. 우선 첫 번째로는 다음의 내용을 관찰할 수 있다. 이미 말했던 것처럼 동물에 관계있는 것이 많다. 〈곰, 호랑이, 거북이, 학, 용, 새, 말 등〉이라던가. 식물이 여성의 이름에 관계 하고 있는 것은 현대와 같지만, 종류가 다르다 〈소나무, 대나무, 매화나무와 같은 유형적인 경사스러운 것이 많고 지금처럼 벚꽃, 꼭두서니, 칸나, 백합, 마라는 미적인 느낌의 이름은 사용하지 않는다〉든가 하는 것은 이름의 의미론적인 요소인데 그 방면의 차이가 첫 번째이다.

다음으로 현대와 비교해 크게 다른 것은 어떤 문자를 사용하는가, 몇 자를 사용하는가 하는 형식의 문제이다. 이 방면도 의미적인 것 이상으로 지금과 다르다. 즉 형식의 대립이 이 시대와 현대에서는 존재한다는 것이다. 이 형식의 문제를 정리해 보자.

　一、現代においてもっともありふれたタイプである○○子が
まったく見られない。皆無である。この結果はあたりまえのよう
でもあるが、考えてみると不思議なことである。なぜ、現代では
ごくごく普通になっている「○○子」が馬路村にないのだろうか。
江戸時代の『松の落葉』という随筆には「子」がつく名がだんだんふ
えてきたというふうにいっているので、この村でも格のある人た
ちも多いことゆえ、少しくらい「○○子」がいてもいいと思ってい
たのであるが、実際はひとりの「○○子」もいなかったのである。

　これはひょっとすると、いなかだからこういうことがおこった
のではないかという説が成立するかもしれない。それで、ここの
馬路村の調査を終えてからすぐ京都のまんなかの、いわば當時での
都心部あたりの、やはり宗門人別帳を調査してみた。しかし結果は
まるで馬路村とかわりはしなかった。おそらく『松の落葉』の記録
は、江戸の少数の人々にやや目立った現象で統計的に傾向といえる
ような性格の変化ではなかったのであろう。

　結局、農民、あるいは町民といったところの、士農工商的な視野
での大衆というものに所属する多くの女たちは、ひらがなを二字つ
なぎ合わせたつつましやかな感じのする名前に満足していたのであ
ろう。あるいは満足以前の、名前についてのあれこれのせんさく
じたい、まったく意識せざるものであったのであろう。そして、
おそらく実際の呼び名の世界では「おつる」とか、「おいとちゃん」
とか、「おつねはん」とか、そうした呼びかたをされていたのであ
ろう。

一, 현대에 있어서 가장 흔한 타입인 ○○코(子) 가 전혀 보이지 않는다. 전무하다. 이 결과는 당연한 듯 하지만 생각해보면 불가사의한 것이다. 왜 현대에서는 지극히 보통인 '○○코(子)'가 우마지촌에는 없는 것일까? 에도시대의 『소나무 낙엽』이라는 수필에는 '자(子)'가 붙은 이름이 점점 늘어나고 있는 듯이 말하고 있어서 이 마을에서도 격이 있는 사람들도 많기 때문에, 다소 '○○코(子)'가 있어도 좋다고 생각하고 있었지만, 실제로는 한사람의 '○○코(子)'도 없었던 것이다.

이것은 어쩌면 시골이기 때문에 이러한 일이 일어난 것이 아닌가 하는 설이 성립할지도 모른다. 그래서 이곳 우마지촌의 조사를 끝내고 곧바로 교토의 정중앙, 즉 당시 도심의 중심부 부근의 슈몬닌베쓰쵸를 조사해보았다. 하지만 결과는 우마지촌과 전혀 차이가 없었다. 아마도 『소나무 낙엽』의 기록은 에도시대의 소수 사람들에게서 다소 눈에 띈 현상으로, 통계적인 경향이라고 할 수 있는 성격의 변화는 아니었던 것이다.

결국 농민 혹은 마을주민들 즉, 사농공상적인 시야에서 본 대중에 소속되는 많은 수의 여자들은 히라가나 두 글자를 붙여 쓴 부드러운 느낌이 나는 이름에 만족하고 있었던 것이다. 또는 만족하기 이전에 이름에 대해 이러저러한 탐색을 해보는 것 자체를 전혀 의식하지 않았던 것이다. 그리고 아마 실제 부르는 이름의 세계에서는 '오쓰루'라든지 '오이토쨩'이라든지 '오쓰네항'같은 식으로 불렸을 것이다[3].

---

3) 「おつる」「おいとちゃん」「おつねはん」의 'お'는 〈여자의 이름 위에 붙여〉 존경·친애의 뜻을 나타내며, 'ちゃん'은 친밀감을 나타내는 호칭으로 'さん'보다 무간한 말이다. 마지막으로 'はん'은 'さん'의 변한말이다.

　二、「〇〇子」がないと同様、多くの馬路の女性が現代の女の名前と違うもう一つの特徴は、漢字がごくまれにしか使われていないという事実である。

　もっとも、ちょっと見ると、この宗門人別帳にも、漢字のようなものを認めることができないわけではない。しかし、それらはすべてといっていいほど変体がなである。だから当然ひらがなとして扱うべきものであった。あとごく少数の漢字があった。次のようなものである。

　　浅の　小〇〇　桜　里　重(シゲ)さ　田鶴(たず)　千鶴　初の　政の　八重

　ほんの少しの、いわばひらがなの延長程度の漢字にすぎない。「とら」も「かめ」も、すべてひらがなであって、あの見るからにたけだけしいような漢字は出てこない。しかも、江戸時代のことで、筆記役の人は文字に相當親しみ、一方届け出る人のほうはほとんど字を知らない、あるいは書けても、文字に厳密な関心のない人も多かったかもしれないので、どうかすると筆記役のほうがなんとなく知れわたったよく使われる漢字を書いてしまった、というところかもしれない。さらに、もう一歩ふみこんで考えてみると、使われた漢字は接頭語めいたもの―初(ハツ)・小(コ)―などだから、漢字が簡単に當てはまったということもいえよう。

　こうして江戸時代の女の名前の大部分はひらがなの二字で、「〇〇子」は使わないということがわかった。

二, '○○코(子)'가 없는 것과 마찬가지로 많은 우마지촌의 여성이 현대 여성 이름과 다른 또 한 가지의 특징은, 한자가 극히 드물게 사용되고 있었다는 사실이다.

하지만 좀 살펴보면, 이 슈몬닌베쓰쵸에서도 한자인 이름을 인정 못하는 것은 아니다. 하지만 그것들은 전부라고 해도 좋을 정도로 변체가나이다. 그렇기 때문에 당연히 히라가나로 취급해야만 했던 것이다. 그리고 극히 소수의 한자가 있었다. 다음과 같은 것들이다

浅の　小○○　桜　里　重(シゲ)さ　田鶴　千鶴　初の　政の　八重

아주 사소한, 이를테면 히라가나의 연장 정도의 한자에 지나지 않는다. '도라(とら)'도 '가메(かめ)'도, 모두 히라가나이고, 보기에 그렇게 뻔뻔스러운 한자는 나오지 않는다. 게다가 이는 에도시대로 필기역인 사람은 문자에 상당히 친숙한 반면 신고하는 사람은 글자를 거의 모르거나 혹여 쓸 수 있다고 해도 문자에 엄밀한 관심이 없는 사람도 많았을지도 모르기 때문에, 경우에 따라서는 필기역이 무심코 많이 알려지고 자주 쓰는 한자를 써버린 것일지도 모른다. 더욱이 한 단계 더 나아가 생각해보면, 사용된 한자는 접두어 같이 보이는 - 初(하쓰), 小(고) - 것들이기 때문에, 한자가 간단히 들어맞았다는 것도 말할 수 있을 것이다.

이렇게 해서 에도시대 여성의 이름의 대부분은 히라가나 두 글자였고, '○○코(子)'는 사용하지 않는다는 것을 알았다.

やや	慎ましやかだ(つつましやかだ)
たけだけしい	士農工商(しのうこうしょう)
当てはまる	めく

3.1.5. 分相応の名前

　名前じたいはそうした生々しい歴史には無関係で、ただ漢字で「子」を使うことのできる権力のしるしが八百年の名前の表に残っているのみであることに興味をもたずにおれない。もちろん男の名前のほうも同様であって、一般に名前というものは、そう簡単に歴史の率直な反映者であることはできない。その揺らぎのない名前は、ただひたすらに日本語にとって、漢字というものが、何を意味するものであったかだけを伝えるのであった。

　民衆には手が届かず、かなをふみこえて権威と力にあふれていたものであった漢字の世界。それは本来は女の世界全般に、たてまえ上ほとんどかかわることの許されないものであった。しかしかしこく才たけた人々は、當然ひとりでに修得した漢字に関する自分の知識を人に知らせることも多かった。清少納言は、きっとそういうことできらわれるに至ったと思うのであるが、『紫式部』に、

　「清少納言はしたり顔でうんざりする人だ。やたらとかしこぶっ

약간, 다소, 조금	얌전하다, 부드럽다
뻔뻔스럽다	사농공상
들어맞다, 적합하다	동사, 부사, 형용사, 형용동사의 어간에 붙어 5단 활용 동사를 만든다. ~다워지다, ~처럼 보이다, ~스럽게 보이다, ~경향을 띠다

3.1.5. 분에 맞는 이름

이름 자체는 그러한 생생한 역사와는 관계없이, 단지 한자로 '자(子)'를 사용하는 것이 가능한 권력의 상징이 팔백년의 이름의 표에 남아 있다는 것에 흥미를 가지지 않을 수 없다. 물론 남자이름도 여성과 같아서, 일반적으로 이름이라는 것은 그렇게 간단히 역사의 솔직한 반영자 라고는 할 수 없다. 그런 요동 없는 이름은 오직 일본어에 있어서 한자라는 것이 무엇을 의미하는 것이었는가 만을 전하는 것이었다.

민중에게는 손이 미치지 않고, 가나(仮名)의 세계를 뛰어 넘어 권위와 힘에 넘쳐났던 한자의 세계. 그것은 본래는 여성 세계전반에 원칙상 관계하는 것이 거의 허락되지 않는 것이었다. 하지만 영리하여 재능이 뛰어난 사람들은 당연히 혼자서 터득한 한자에 관한 자기의 지식을 사람들에게 알리는 일도 많았다. 세이쇼나곤은 분명 이런 일 때문에 미움을 받았다고 생각하는데, 『무라사키시키부』에

세이쇼나곤은 의기양양한 얼굴로 진절머리 나는 사람이다. 몹시 영

　て漢字をあっちこっち書きちらしているのだが、その書きちらされた漢字をよくよく見ると、未熟で見られぬようなのばかり。こんなに人と違うようないいかっこう好きな人は、結局のところ見劣りし将来も思いやられることだ……」

というような手きびしいことを言われているのである。どちらかというと、清少納言がかわいそうになるくらいの言われ方であるが、ここまで言われるようになったのも、清少納言がわりにおおっぴらに、いわば女のタブーである漢字漢語の世界を、あたかも自分には許されたもののごとく、いわば自分の価値評価の一種のようにはなやかに披露拾う(ひろう)することがたびたびであったからにほかならないのではなかろうか。少なくとも大きな理由の一つにはなるであろう。

　つまり女性の名前は二重に知らせる意味をもっていたのである。これはだれそれについた名で、この名前を呼べばだれそれが返事をするという機能のほかに、その名前を見たり聞いたりすると身分が知れるのであった。そこがいまとはまったく違うのである。

　明治はそういう名前の垣根(かきね)をかなり根本的に取り払った。京都や東京のような大都会では、ずいぶん女の子に漢字や「○○子」、あるいはさらに完璧(かんぺき)な高嶺(たかね)の花、「漢字＋子」をむさぼるように採用した。地方はまだまだそういうことに飛びつくにはかなりの抵抗があった。

　そして現代の女性の名前。それは過去の歴史的な課題はいちおう脱却した。かなの名前でも漢字の名前でも、とにかく好きなものを好きなように使う。完全な選択の対象となっている。昔の選択の範

리한척 한자를 여기저기 갈겨쓰고 있는데, 그 갈겨 쓴 한자를 자세히 보면, 미숙해서 볼 수 없는 것 뿐. 이렇게 다른 사람과 다른 멋있는 것을 좋아하는 사람은 결국 못나 보여 장래도 염려되는 것이다……

와 같은 가차 없는 말을 하고 있다. 어느 쪽인가 하면 세이쇼나곤이 불쌍하게 보일 정도의 말투이지만 이런 식으로까지 말하게 된 것도 세이쇼나곤이 의외로 공공연하게, 말하자면 여성의 금기인 한자 한문의 세계를 마치 자신에게는 허락된 것처럼 이를테면 자기의 가치평가의 일종인 듯 화려하게 피로한 일이 자주 있었기 때문이었던 것은 아닐까. 적어도 큰 이유 중 하나는 될 것이다.

결국 여성의 이름은 이중으로 알리는 의미를 가지고 있었던 것이다. 이것은 아무개에게 붙은 이름으로, 이 이름을 부르면 아무개가 대답을 한다는 기능 이외에, 그 이름을 보거나 들거나 하면 신분을 알 수 있는 것이었다. 그 점이 지금과는 전혀 다른 것이다.

메이지 시대에는 그러한 이름의 벽을 상당히 근본적으로 헐어버렸다. 교토나 도쿄와 같은 대도시에서는 여성의 이름에 한자나 '○○코(子)', 또는 더욱 사용하기 힘들었던 '한자+子'를 욕심내듯 채용했다. 지방은 아직 그러한 것을 따르기에는 상당한 저항이 있었다.

그리고 현대 여성의 이름. 그것은 과거의 역사적 과제는 일단 벗어났다. 가나 이름이든 한자 이름이든 어쨌든 좋아하는 것을 좋아하는 대로 사용한다. 완전한 선택의 대상으로 되었다. 옛날의 선택의 범위는 지극히 한정된 것이었다.

囲はごく限られたものであった。

　日本語のキーワード(鍵ことば)といっていいことばの一つに分(ブン)というのがある。日本人の長い社会生活の歴史にあって、このことばはどれだけ活躍したことだろうか。とほうもないことを夢想する若者には、「おまえは気ちがいか、分相応に生きろ」と言う。便利な面では多額の寄付などを言われたとき、「へへ、わたしらはまあ分相応なことをさしてもらいます」などと言って逃げをうつことができる。

　漢字の名前をつけてみたいと思ってもそんなだいそれたことはとたしなめられる。あるいはがんじがらめの親たちにとっては、そんなことは思うことさえけしからぬことであったろう。

〈어휘〉

垣根(かきね)	高嶺の花(たかねのはな)
貪る(むさぼる)	分相応(ぶんそうおう)
窘める(たしなめる)	がんじがらめ
随所(ずいしょ)	紐(ひも)
背筋が伸びる(せすじがのびる)	おまじない
律義(りつぎ)	生姜(しょうが)

일본어의 키워드라고 해도 좋은 것 중 하나로 '본분, 분수(分)'가 있다. 일본인의 긴 사회생활의 역사에 있어서, 이 말은 얼마만큼 활약한 것일까. 터무니없는 일을 몽상하는 젊은이에게 "너 미쳤어, 분수에 맞게 살아"라고 말한다. 편리한 면으로는 고액의 기부 등을 부탁 받았을 때 "헤~저희는 분수에 맞게 하겠습니다"등으로 말해 회피할 수 있다.

한자 이름을 붙여보고 싶다고 생각해도 "그런 당치도 않은 일을"이라며 주의를 받는다. 또는 고지식한 부모들에게는 그런 것은 생각하는 것조차 허용되지 않는 일이었을 것이다.

〈어휘〉

담, 울타리	높은 산의 꽃, 그림의 떡
탐하다, 욕심부리다	능력이나 지위에 잘 어울림, 분수에 맞음
타이르다, 나무라다, 주의시키다	칭칭 얽매임
도처, 곳곳, 여기저기	끈, 어떤 일의 이면에 있는 좋지 않은 조건
허리를 펴다	주술, 신비적인 것의 힘을 빌려 재난을 쫓거나 일으키거나 하는 술법.
의리를 중의 여기는 모양, 성실함	생강

3.2. 生活のなかの女性

3.2.1. 自分のスタイル

　男性はどうか、よく知らないが、女性の場合は「これが私らしいスタイル(あるいはファッション)」という意識が、日常の随所にあるような気がする。服装からインテリア、あるいは掃除のしかたまで。そんな、ちょっとした意識の歌を読んでみよう。

　　　帰り来てエプロンの紐むすぶとき確かなるわれの姿勢を知れり
　　　　　　　　　　　　　　　　　　　　　　　　　　　渡辺礼子

　外出しているときの自分よりも、帰宅してエプロンをつけた自分に、より自分らしさを作者は感じている。
　「確かなるわれの姿勢」という表現が、いかにも背筋の伸びた感じを、よく伝えている。着飾って化粧をしたり、外で働いているときよりも、家族のために料理を作ることに、自分らしさを見いだす—それはたぶん、笑顔で料理を食べてくれる家族がいるからこそなのだろう。そんな背景まで見えてくる一首だ。

　　　足首にオーデコロンをつける日の私は誰にも支配されない
　　　　　　　　　　　　　　　　　　　　　　　　　　　小守有里

　自分自身のために、自分流のやりかたで、自分にオーデコロンをつける。誰にも知られないおまじないのように。

3.2. 생활 속의 여성

3.2.1. 자신의 스타일

남성은 어떤지 잘 모르지만 여성의 경우는 '이것이 나다운 스타일(혹은 패션)'이라는 의식이 일상의 곳곳에 있는 느낌이 든다. 복장에서 인테리어 혹은 청소 방법까지. 그런 괜찮은 의식의 노래를 읊어 보자.

집에 돌아와 앞치마 끈을 묶을 때 확실한 나의 자세를 알 수 있다.
와타나베 레이코

외출해 있는 동안의 자신보다도 집에 돌아와 앞치마를 한 자신에게 보다 자신다움을 작가는 느끼고 있다.

'확실한 나의 자세'라는 표현이 등을 곧게 편, 자신감이 붙은 느낌을 매우 잘 전하고 있다. 잘 차려입고 화장을 하거나 밖에서 일하고 있을 때보다도 가족을 위해 요리를 만드는 것에 자신다움을 발견하다 ― 그 것은 아마 웃는 얼굴로 요리를 먹어줄 가족이 있기 때문일 것이다. 그런 배경까지 보이는 한 수이다.

발목에 오드콜로뉴를 뿌린 날의 나는 누구에게도 지배받지 않는다.
고모리 유리

자기 자신을 위해서 자신만의 방법으로, 자신에게 오드콜로뉴를 뿌린다. 누구에게도 알려지지 않은 주술처럼.

　足首、というのが特別な感じを演出していて印象深い。耳のうし
ろではあたりまえすぎるが、足首というのは、秘密めいた雰囲気だ。
アンクレットという足首につけるアクセサリーは、とても大人の
もので、イヤリングやネックレスよりも上級編という感じがする
が、この歌のオーデコロンは、見えないアンクレットのようでも
ある。
　男性に媚びるためのアクセサリーやオーデコロンを拒否している
作者。結句の「支配されない」に、きりりとひきしまった決意が読
みとれる。

　　　三とほりのレシピをよそにわたしく流ライ麦クッキー夕焼風味
　　　　　　　　　　　　　　　　　　　　　　　　阪森郁代

　料理のなかでもお菓子は特に、レシピが重要だ。が、あまりに
律儀な作り方では、おもしろくないというのも事実。たとえば「豚
肉の生姜焼き」というような、ありきたりな料理を作るようなときも、
一応料理の本を参考にする。
　Aという本では焼く前に二〇分、豚肉をタレにつけると書いてあ
るのに、Bという本では、すぐに焼くことになっていたり、Cという
本では焼いてからもご丁寧にタレを添えたり……と、結構さまざ
まな作り方に出会うことが多い。その中から、最低限必要なことを
読みとり、あとは自分流にアレンジするのが、楽しいところ。
　好みで甘味を加えたり、あるいはピリカラに仕上げてみたり。そ
んな料理のありようが、掲出歌にはとてもよく出ている。「夕焼風

발목이라고 하는 것이 특별한 느낌을 연출하고 있어 인상 깊다. 귀 뒤라면 너무 당연하지만 발목에 뿌리는 것은 비밀스러운 분위기이다. 발찌라고 하는 발목에 차는 액세서리는 아주 어른스러운 물건으로 귀걸이나 목걸이보다도 상급편이라는 느낌이 드는데, 이 노래의 오드콜로뉴는 보이지 않는 발찌 같기도 하다.

남성에게 아양을 떨기위한 액세서리나 오드콜로뉴를 거부하고 있는 작가. 마지막 구의 '지배받지 않는다'에서 야무지게 다잡은 결의를 읽을 수 있다.

세 가지 레시피를 무시하고 나만의 방법으로 만든 저녁놀 풍미의 호밀쿠키

사카모리 이쿠요

요리 중에서도 과자는 특히 레시피가 중요하다. 하지만 너무 성실한 요리법으로는 재미없는 것도 사실이다. 예를 들어 '돼지고기 생강양념구이'와 같은 평범한 요리를 만들 때에도 우선 요리책을 참고한다.

A라는 책에는 굽기 전에 20분간 돼지고기를 양념에 재워두라고 쓰여 있는 반면, B라는 책에서는 바로 구우라고 되어있거나, C라는 책에서는 구운 후에도 정성스럽게 소스를 곁들이거나……라며 제법 다양한 요리법을 만나는 경우가 많다. 그 중에서 최소한의 필요한 내용을 읽고 후에는 자신만의 방법으로 각색하는 것이 즐거운 부분이다.

취향에 따라 단맛을 더하거나 혹은 약간 매운맛으로 완성해 보거나 하는 그런 요리 모습이 노래에는 아주 잘 나와 있다. '저녁놀 풍미'라는 작가만의 작명이 또한 매력적이다. 대체 무엇을 넣은 것일까?

味」という、作者流のネーミングがまた魅力的だ。いったい何を混ぜたのだろうか。

3.2.2 言い伝えのなかの女性

ここでは「言い伝え」、即ち、日本人が無意識に受け入れているものや、あるいはいつか祖父母や両親に聞かされたことのある「言い伝え」の中のひとつである、〈秋なすは嫁に食わすな〉について人々の伝統的な習慣、行事、言葉などをできるだけ明らかにしながら、その謎ときを試みた。

これは、よく耳にするポピュラーな言い伝えだ。意図するところも、たいていは姑の嫁いびりと受け取られている。

だが話はそんなに単純ではなく、じつにさまざまな説がある。そのどれもが一応フムフムと納得できるのだが、その経緯をたどる前に「ナス」と「嫁」についてふれておく。

ナスは本来、ナスビと呼ばれていた。原産地はインドである。インドから中国を経て、平安時代に日本にもたらされた。名前の語源には、二説がある。一つは「夏の実」がなまって「ナスビ」になったというもの。また、サンスクリット語の「マールッタ・ナーシン」からきているという説がある。

ナスは、宮廷で愛用された高価な野菜だった。それだけに京都のナス栽培の歴史は古く、カモナスという球形に近い独特のナスがあるのは周知のとおりだ。

ナスの旬は夏から秋にかけてである。とくに秋ナスというのは

3.2.2 구전 속의 여성

여기에서는 '구전', 즉 일본인이 무의식적으로 받아들이는 것이나, 또는 언젠가 조부모나 부모에게 들은 적 있는 '구전'의 하나인 〈가을 가지는 며느리에게 먹이지마라〉에 관해, 사람들의 전통적 생활 습관, 행사, 말 등을 가능한 한 명확히 하며 그 수수께끼를 풀어봤다.

이것은 자주 듣는 대중적인 구전이다. 의도한 점도 대개는 시어머니의 며느리 구박으로 받아들여지고 있다.

그러나 이야기는 그렇게 단순하지 않고, 실은 여러 가지 설이 있다. 그 어느 것도 일단 "음~~"라고 납득할 수 있지만, 그 경위를 더듬어 보기 전에 '나스'와 '요메'에 대해 언급해 두자.

'나스(가지)'는 원래 '나스비'라 불리었다. 원산지는 인도다. 인도에서 중국을 거쳐, 헤이안 시대에 일본에 전해졌다. 이름의 어원에는 두가지 설이 있다. 하나는 '나쓰노미(夏の実)'가 표준어에서 벗어나 '나스비'가 되었다는 것과 산스크리트어(범어)의 '마룻타・나신'에서 왔다는 설이 있다.

가지는 궁중에서 애용되었던 고가의 야채였다. 그런 만큼 교토의 가지재배의 역사는 오래되었고 '가모나스'라는 공 모양에 가까운 독특한 가지가 있다는 것은 두루 알고 있는 대로다.

가지의 제철은 여름에서 가을에 걸쳐서다. 특히 가을가지는 껍질이 부드러워서 맛이 좋다. 하지만, 가을가지는 씨가 적은 것이 특징이기도 하다. 또, 가지는 몸을 차갑게 하는 야채이기도 하다.

다음은 '요메'를 살펴보려 한다. 일반적인 뜻은 며느리 즉, 시어머니의 며느리다. 하지만 한편으로 이 '요메'란 '쥐'를 가리키고 있다.

皮が柔らかくて味がいい。だが、秋ナスは種子が少ないのが特徴でもある。また、ナスは体を冷やす野菜でもある。

　次に「嫁」である。普通に考えれば、嫁・姑の嫁である。だがいっぽう、この嫁とは「ネズミ」をさしているという。それには、こういう経緯がある。

　ネズミはさまざまな害をもたらす。日本に猫が移入されたのも、ネズミによる経典の被害が甚大だったからだ。鼠害は『古事記』をはじめとして、『新日本紀』『三代実録』などにも記されているそうだ。

　いっぽうでネズミは大黒様のお使いといわれるように、何か神霊と関係のあるもののように考えられ、この世と他界を自由に行き来できる霊妙な力があるとされていた。

　それだけに、ネズミは人の言葉を理解すると信じられた。またとても賢く、人の心の動きも察知すると考えられた。そこでネズミの悪口を言えば、暴れたり、いたずらや仕返しをされたりするので、褒めてやるといい。とくに年神(としがみ)を迎えて祭る正月三が日は、ネズミを呼び捨てにしてはいけない。呼び捨てにすれば、一年中災難がふりかかる。だから正月ことばとして「嫁御」「嫁さま」「嫁が君」と呼んで尊敬し、ネズミという言葉を口にしないのが習わしとなった。

　たとえば、お正月のお供え餅をネズミに持っていかれても、「嫁御がおいでなされて引いていた」という。ネズミのご機嫌取りである。「嫁が君」という語は、俳諧の季語にもなっている。

거기에는 이러한 경위가 있다.

쥐는 여러 가지 해를 가져온다. 일본에 고양이를 들여왔던 것도 쥐로 인한 경전의 피해가 막대했기 때문이다. 쥐에 의한 피해는 『고지기(古事記)』를 비롯하여 『신닛본기(新日本記)』『산다이지츠로쿠(三代実録)』등에도 기록되어져 있다고 한다.

한편으로 쥐는 다이코쿠(大黒)[4]님의 사자로 말해지고 있듯이 무언가 신령과 관계있는 것으로 생각하여, 이 세상과 다른 세상을 자유롭게 왕래할 수 있는 영묘한 힘이 있다고 여겼다.

그런 까닭에, 쥐는 사람의 말을 이해한다고 믿었다. 또, 매우 영리하고, 사람의 마음의 움직임도 헤아린다고 생각했다. 그래서 쥐의 욕을 하면, 난폭하게 굴거나, 못된 장난과 복수를 당하기도 하기 때문에, 칭찬하는 것이 좋다. 특히 도시가미(年神)[5]를 맞이하는 제사를 지내는 정월 셋째 날은 쥐를 경칭을 붙이지 않고 막 부르는 것은 안 된다. 막 부르게 되면, 연중에 재난이 덮친다. 그래서 정월에 쓰는 말로서 '요메고(嫁御)' '요메사마(嫁様)' '요메가키미(嫁が君)'[6]라고 불러 존경하고, 쥐라는 말을 입에 담지 않는 것이 풍습이 되었다.

예를 들면, 정월의 바치는 떡을 쥐가 가져가도, '요메고가 오셔서 가져가셨다'고 한다. 쥐의 비위를 맞추고 있다. '요메가키미'라는 말은 하이카이(俳諧)[7]에서 계절감을 나타내는 정해진 말이기도 하다.

---

4) 大黒天의 뜻함. 칠복신의 하나.
5) 오곡(五穀)을 지키는 신. 또는 그 해의 풍작을 비는 신.
6) 「嫁御」「嫁様」「嫁が君」 밑줄 친 부분은 모두 존경의 의미를 가진다.
7) 용어나 내용에 익살스러운 맛이 있는 와카(和歌)의 한 형식.

　以上のことから、秋ナスを嫁に食わすなというのは、一つのは
味のいいナスを憎い嫁になど食べさせるものかという、姑の嫁いび
り。嫁の最も大切な務めが姑に仕えることだった時代、姑の嫁いび
りは当り前で、それが離婚の大きいな原因であったことを考えると、
うなずける話だ。
　二つには、秋ナスは種子が少ないので、その連想から、胎内から
跡取りの子種が失われることを恐れて、嫁には食べさせないという
姑の配慮である。
　つまり、秋というのは季節の変わり目で、ただでさえ体調を崩し
やすい。そのうえナスは体を冷やすので毒がある。妊娠の妨げに
もなりかねない。だから食べさせないというもの。
　三つには、味のいい秋ナスを「ネズミ」になんか食べさせるもの
かというもの。どれにも説得力がある。
　十六世紀に刊行された中国の代表的な薬草解説書『本草網目』には、
ナスを多く食べると腹痛や下痢をおこす。とくに秋ナスはその傾向
が強いと書かれているそうだ。また、それを元に日本の薬草につい
て解説した江戸時代の『本草網目啓蒙』という書にも、同様のこと
が記されているという。さらに現代医学でも、ナス類は多食すると
アレルギー症をおこすことがわかっている。
　そういうことから類推すると、姑の嫁いびりではないように思
える。かといって嫁への好意的な配慮というわけでもなく、ただ
孫の誕生、跡取りができるかできないかだけを、心配してのこと
だったようにも思える。

이상으로부터 '가을 가지를 며느리에게 먹이지마라'는 첫 번째 의미는 맛이 좋은 가지를 미운 며느리 따위에게 먹이지 않는 시어머니의 구박 이야기. 며느리의 가장 중요한 의무가 시어머니를 섬기는 것이었던 시대의 시어머니의 구박은 당연한 것으로 그것이 이혼의 큰 원인이었던 것을 생각한다면 납득이 가는 이야기이다.

두 번째로는 가을가지는 씨가 적기 때문에, 그 연상 작용으로 태내에서 대를 이을 후손이 사라지는 것을 두려워해서 며느리에게는 먹이지 않는다는 시어머니의 배려이다.

즉, 가을이라고 하는 계절은 환절기로 그렇지 않아도 몸 상태가 나빠지기 쉽다. 게다가 가지는 몸을 차갑게 하기 때문에 독이다. 임신에 방해가 되지 않는다고 할 수 없다. 그래서 먹이지 않는다는 것이다.

세 번째로는 맛 좋은 가을가지를 '쥐'따위에게 먹일 수 없다는 내용이다. 어느 것에도 설득력이 있다.

16세기에 간행된 중국의 대표적인 약초해설서 『본초강목』에는 가지를 많이 먹으면 복통이나 설사를 일으킨다. 특히 가을가지는 그런 경향이 심하다고 쓰여 있다고 한다. 또한, 『본초강목』을 기본으로 하여 일본의 약초에 대하여 해설한 에도시대의 『본초강목계몽』이라고 하는 책에도 같은 내용이 적혀져 있다고 한다. 더욱이 현대 의학에서도 가지 계통은 많이 먹으면 알레르기 증상을 일으킨다고 하는 것이 알려져 있다.

그러한 것으로부터 유추한다면 시어머니의 며느리 구박은 아닌 듯 생각된다. 그렇다고 해서 며느리에게 호의적인 배려라고 하는 것이 아니라, 단지 손자의 탄생, 후손이 생길까 생기지 않을까만을 걱정해서 그런 것처럼도 생각된다.

妨げる(さまたげる)	季節の変わり目(きせつのかわりめ)
間近(まぢか)	多岐(たき)
介護(かいご)	受け継ぐ(うけつぐ)
訛(なま)る	サンスクリット語(サンスクリットご)
仕返し(しかえし)	ご機嫌(ごきげん)
行き来(いきき)	褒める(ほめる)

3.2.3. 女性とお茶

　いまの日本で茶の湯をたしなむ人々、いわゆるお茶人口は何十万とも何百万ともいわれている。いまも増えつづけているものと思う。

　そのほとんどは女性である。

　利休の時代には、茶の湯はまず男のものであった。戦国時代、戦で命を落す、その覚悟を日常とする生活の中での茶会であれば、一期一会という感覚が自然と気持ちの中にはあっただろう。

　いま一期一会という言葉は、よく考えた上で理解はするが、その実感はない。文明のお蔭で、命を落すという日常の覚悟がないからである。飛行機で高空を飛んでいるとき、あるいはハイウェイを高速で飛ばしているとき、わずかに命を外気にさらしている。このままちょっと間違えば死ぬこともあり得ると考える。

<어휘>

방해하다, 저해하다, 지장을 주다	환절기
거리 혹은 시간이 극히 가까이 와 있는 것(모양)	물건이나 사물이 다방면에 관계를 가짐(것, 모양)
병자 등을 간호하는 것	전임자의 직무를 이어받는 것
표준어에서 벗어나다, 사투리를 쓰다	산스크리트어, 범어
복수, 앙갚음	심기
왕래	칭찬하다, 축하하다

3.2.3. 여성과 차

지금의 일본에서 다도를 즐기는 사람들, 이른바 차 인구는 몇 십만 명, 몇 백만 명라고도 한다. 지금도 계속해서 증가하고 있다고 생각한다. 그 대부분은 여성이다.

리큐(千利休, 다도가, 1521-1591) 시대에 다도는 대체로 남성의 것이었다. 전국시대(1467-1568), 전쟁에서 목숨을 잃는다는 각오를 일상으로 하는 생활 속에서의 차 모임이라면, '평생에 한번'이라는 감각이 자연스럽게 마음속에 있었을 것이다.

현재 '평생에 한번'이라는 단어는 잘 생각해보면 이해는 하지만 실감은 나지 않는다. 문명 덕분에 목숨을 잃는다고 하는 일상적인 각오가 없기 때문이다. 비행기로 높은 하늘을 날고 있을 때, 혹은 고속도로를 고속으로 질주하고 있을 때, 약간이나마 목숨을 바깥공기에 드러내고 있다. 이대로 조금만 잘못하면 죽을 수도 있다고 생각한다.

　しかしまず間違いはないだろうと思い、だいたいは文明に守られてその通りになる。そのことに象徴されるように、お茶の意味も、価値も、ずいぶん昔とは変わったものになっているのだろうと思う。

　最近になって「大師会」という茶会をのぞいてみた。これは東京でおこなわれる一番大きな茶会だそうで、根津美術館の広い庭園の中でおこなわれる。東京とは思えぬゆったりした樹の繁みの中に、お茶室がぽつぽつと、離れ離れに三つある。それぞれ京都席、金沢席、東京席となっていて、そのいずれにも長蛇の列が出来ていて、並ぶ人の九九パーセント以上が女性である。しかもその九九パーセント以上が和服を着ている。

　まるで林の中に色とりどりの和菓子がずらりと並んでいるようだった。いまや街の中ではほとんど見かけなくなった和服が、ここに全部集結しているのではないかと思ったほどだ。

　女性であれば、やはり華やかな和服を作りたい。作ればそれを着てどこかへ出かけたい。しかしいまは和服を着て出かけるのにふさわしい場所がないのである。七五三はともかくとして、成人式、卒業式、謝恩会のあとは、知り合いの結婚式とお正月ぐらいのものだ。そうなると作った着物は宝の持ち腐れとなるわけで、それではとお茶の場所へ出るべくお稽古をはじめる。つまり和服が欲しい、ということの結果がお茶を支えている一面があるらしい。

　女性の和服というのはマジメに作ると留袖、色留袖、色無地、訪問着、付下げ、小紋、絣等々、時と場合の格式によって各種あり、その柄がまた季節によって変わるわけで際限がない。

　マジメに作れば作るほど、着ていく場所が必要となる。

그러나 아마도 잘못되지는 않을 거라고 생각하고 대개는 문명에 보호받아 그대로 된다. 그것에 상징되듯 차의 의미도 가치도 예전과는 꽤 다른 것이 되었다고 생각한다.

최근에 '대사회(大師會)'라고 하는 차 모임에 잠깐 들러 보았다. 이것은 도쿄에서 실시되는 가장 큰 차 모임이라고 하는데, 네즈 미술관의 넓은 정원 안에서 이뤄진다. 도쿄라고는 생각되지 않는 널찍하게 나무가 우거진 속에 다실이 세 개 띄엄띄엄 떨어져 있다. 각각 교토석, 가나자와석, 도쿄석이다. 그 어느 곳이나 장사진을 이루고 있으며 줄선 사람의 99퍼센트 이상이 여성이다. 게다가 그 99퍼센트 이상이 기모노를 입고 있다.

마치 숲속에 색색깔의 화과자가 죽 늘어선 것 같았다. 지금은 거리에선 좀처럼 볼 수 없게 된 기모노가 여기에 전부 집결해 있는 것이 아닐까하고 생각했을 정도였다.

여성이라면 역시 화려한 기모노를 짓고 싶다. 지으면 그것을 입고 어딘가로 나가고 싶다. 그러나 이제는 기모노를 입고 외출하기에 어울리는 장소가 없는 것이다. 시치고산(七五三, 아이의 성장을 축하하는 행사)은 그렇다 쳐도, 성인식, 졸업식, 사은회 외에는 지인의 결혼식과 설날 정도인 것이다. 그러면 만든 기모노는 애물단지가 되는 것이다. 그렇다면 하고 다도 자리에 나갈 만한 연습을 시작한다. 즉 기모노가 갖고 싶다라는 결과가 차를 지탱하고 있는 일면이 있는 것 같다.

여성의 기모노라는 것은 제대로 지으면 도메소데, 이로도메소데, 이로무지, 방문복, 쓰케사게, 고몬, 가스리 등등, 때와 장소의 격식에 따라 여러 종류가 있고, 그 무늬 또한 계절에 따라 바뀌기에 제한이 없다.

제대로 지으면 지은 만큼 입고 갈 장소가 필요해진다.

　お茶が女性のものとなったのは、戦国の動乱が収束して江戸時代も後期になってからのようだ。世の中が安定し、余裕がうまれたところで、茶の湯は女性のカルチャーセンターとなった。それはいまの時代相と同じで、いま講演会や展覧会や音楽会という文化的催しに集まるのはほとんどが女性である。各種文学の新人賞にも、どんどん女性が増えてきている。男性は政治経済一筋であり、その息抜きのゴルフやカラオケにしても、それは人脈強化の仕事の延長である。男性一般には遊興はあっても文化はないのだ。だから江戸時代も、そしてこの昭和平成時代も、女性による文化の寡占化はどんどん進み、その流れの中で茶の湯はますます栄えている。

〈어휘〉

收束(しゅうそく)	歡喜（かんき）
重なる(かさなる)	息抜き(いきぬ)き
餘裕(よゆう)	遊興(ゆうきょう)

3.2.3. 間近に見る女性　　　　　　　　　　黒田　久美子

　自分の人生を自分で選択した通りに進んでいくということは男性にとっても女性にとっても多分不可能であろう。

　自分の周りに関わっている多くの人間—結婚、仕事での協力関係、友人—からの影響で環境は変化して行く。

　しかし、一見周りに流されていると見えるようでも、その中で自分を成長させて行き自己発見をして、新しい自分を成熟させそれが社

다도가 여성의 것이 된 것은 전국시대의 동란이 수습되고 에도 시대
(1603-1867)도 후기가 되고나서 인 것 같다. 세상이 안정되고 여유가
생기면서, 다도는 여성의 문화 중심이 되었다. 그것은 지금 시대상과
마찬가지로 현재 강연회나 전람회, 음악회라는 문화적 행사에 모이는
사람은 대부분이 여성이다. 각종 문학의 신인상도 점점 여성이 늘어나
고 있다. 남성은 한결같이 정치 경제에만 전념한다. 한숨 돌리고자
골프나 노래방에 간다 해도, 그것은 인맥강화인 업무의 연장이다. 남성
은 일반적으로 유흥은 있어도 문화는 없는 것이다. 때문에 에도 시대도
그리고 지금의 쇼와 헤이세이 시대도 여성에 의해 문화 독점화는 점점
진행하여 그 흐름 속에서 다도는 점점 번창하고 있다.

〈어휘〉

수습하다	환희
겹쳐지다.	잠시 쉼, 한숨 돌림
여유	유흥

3.2.3. 가까운 곳에서 보는 여성　　　　　구로다 구미코

자신의 인생을 스스로 선택한 대로 살아간다고 하는 것은 남성에게
있어서도 여성에게 있어서도 아마 불가능 할 것이다.
　자신의 주변과 관계되어 있는 많은 사람 － 결혼, 일의 협력관계,
친구 － 으로부터 받은 영향으로 환경은 변화해 간다.
　하지만, 대충 보아서는 주위에 떠밀려가는 것으로 보여도, 그 가운데
서 자신을 성장시키고 자신을 발견하여, 새로운 자신을 성숙시켜 그것

会性を伴ったり、内部充実から素晴らしい芸術を生み出す事が出来るならば、たおやかに生きて行くというのも実り多いものになる。

　友人Aは、夫が医者であり癌に関する医科学研究所の所長という立場であったため、連れ合いとしての仕事、例えば医療関係者としての交際、研究所及び付属病院の職員とその家族への心配りなど、は多岐に渡り、夫と共に海外へ出かける事も度々であった。

　家庭内においては両親の介護、三人の子供の教育にも人の手を借りずに手を抜くこともなかった。僅かに出来た時間を使い、古事記・源氏物語の勉強を続け、尚かつ病院の患者に対しての本の貸し出しのシステムを受け継ぎ、大きくしてきた。私は手伝ってきた一人だが、この人の魅力で多くの女性が協力していたことに驚いたのだった。

　白洲正子(1910年東京生まれ)は、伯爵家に生まれ、4歳から能を学んだ。10代でアメリカに留学したが、19歳で白洲次郎と結婚後は、能、古典文学、古美術、史跡にと興味を広げ、志賀直哉、柳宗悦、青山二郎、小林秀雄らと交流を深め切磋琢磨して行く事で、日本の文化を深めていった。

　正子の著した本の数々は多岐に渡り、『能面』『かくれ里』『器つれづれ』等で、日本文化の深さを伝えるものだが、平易な表現と文章で、現代の日本人、ひいては日本に興味を持つ諸外国の方々にも理解し得るものになっている。

　深い洞察力と本物を見抜く眼は厳しく、甘えを許さない。伝統から学ばなければ新しい創造はできないという言葉には学ぶべきもの

이 사회성을 수반하거나 내부충실하여 멋진 예술을 창조해내는 것이 가능하다면, 부드럽게 살아가는 것도 괜찮은 삶이 된다.

친구A는, 남편이 의사로 암에 관련된 의료과학연구소의 소장이라고 하는 입장에 있었기 때문에, 배우자로서의 일, 예를 들면 의료관계자로서의 교제, 연구소 및 부속병원의 직원과 그 가족에 대한 배려 등은 여러 방면에 걸쳐 있었고, 남편과 함께 해외에 나가는 일도 자주 있었다.

가정에서는 부모님의 수발, 세 아이의 교육에도 다른 사람의 도움 없이 어물어물 넘기는 일도 없었다. 가까스로 생긴 시간을 이용해서, 『고지기(古事記)』『겐지모노가다리(源氏物語)』의 공부를 계속하고, 또한 병원 환자에게 책을 대출하는 시스템을 이어받아서 크게 성장시켰다. 나는 계속 일을 돕던 사람이지만, 이 사람의 매력에 많은 여성이 협력했던 것에 놀랐다.

시라스 마사코(1910년 도쿄출생)는 백작가문에서 태어나 4살부터 노(能)를 배웠다. 십대에는 미국에서 유학했는데, 열아홉 살에 시라스 지로와 결혼한 후에는 노, 고전문학, 고미술, 사적으로도 흥미를 넓혀, 시가 나오야, 야나기 무네요시, 아오야마 니로우, 고바야시 히데오들과의 교류를 깊이 하여 절차탁마하는 것으로 일본의 문화를 탐구해 갔다.

마사코가 펴낸 책의 종류는 여러 방면에 걸쳐 있어서, 『노멘』, 『숨겨진 마을』, 『그릇 무료함』등으로, 일본문화의 깊이를 전하는 것이지만, 평이한 표현과 문장으로 현대의 일본인, 더 나아가서는 일본에 흥미를 가진 여러 외국인들에게도 이해받는 작품이다.

깊은 통찰력과 진실을 꿰뚫는 눈은 냉정하고, 어리광을 용서하지 않는다. '전통부터 배우지 않으면 새로운 창조는 불가능 하다'는 말에는

が有る。私は自分の好みの器が彼女の本の中で評価されているのを
みると嬉しかったものだ。

　細川佳代子(かよこ)は、夫細川護熙(もりひろ)が政治家であったた
め、東京出身にもかかわらずその地元である熊本に居を置き、夫が
中央政界で活躍する為に選挙区に留まり支えた。生活習慣などに隔
たりのある地で、自分を前に出す事なく10年余、それを苦にせずに
熊本を愛し続けた。

　1993年3月、細川護熙が総理大臣になって久しぶりに東京の地を踏
む事になった。熊本在住中に、障害のある人たちにスポーツを楽し
めるようにという「Special　Olympics」を知り周りの女性の協力を得
て、普及に努め、全国的な団体を作り上げ、2005年には長野で
Special Olympics世界大会を成功させた。

　佳代子は常に自然体で、真っ先に歩き始め、偉ぶる事はない。短
い期間手伝っただけだが、老若男女を問わずボランティアが集まり
どんなつまらないと思われる仕事も、喜びを持って従事しているの
を見た。これは彼女が色々な場所で、Special　Olympicの意義を語り
問いかけることで、聴衆の心の中に「このように有意義な事なのだ
から、自分から進んで参加したい」という気持ちを生み出させる力
があったという事だろう。

　このように見て来ると、自分が置かれている場所を楽しみ、そこ
で出来ることを発見し自分の持つ特質を肯定して生かし、社会に対
しても積極的である女性のなし得たことは快く映る。

　又敢えて男性の分野に切り込み新しい刺激を与えつつ、新たな実
りを作り出すこともよいだろう。

배울 점이 있다. 나는 내가 좋아하는 그릇이 그녀의 책 속에서 평가되고 있는 것을 보면 기뻤다.

호소카와 가요코는 남편인 호소카와 모리히로가 정치가였기 때문에, 도쿄출신임에도 불구하고 구마모토 지방에 자리를 잡고, 남편이 중앙 정계에서 활약할 수 있도록 선거구에 남아서 받쳐주었다. 생활습관 등에서 차이가 있는 땅에서, 자신을 내세우는 것 없이 10년 남짓, 그것을 고통으로 여기지 않고서 구마모토를 계속 사랑해 왔다.

1993년 3월, 호소카와 모리마사가 총리대신이 되어서 오래간 만에 도쿄의 땅을 밟을 수 있었다. 구마모토 거주 중에, '장애인들에게 스포츠를 즐길 수 있도록'이라는 'Special Olympics'을 알게 되어 주변의 여성들의 협력을 얻어서 보급에 힘썼다. 전국적인 단체를 만들어서, 2005년에는 나가노에서 Special Olympics 세계대회를 성공시켰다.

가요코씨는 항상 꾸미지 않고 자연스럽고 솔선수범하며 잘난 체 하는 일은 없다. 짧은 기간 도왔던 것뿐이지만, 남녀노소를 불문하고 자원봉사자가 모이고, 아무리 재미없게 생각되는 일도 즐거움을 가지고 종사하는 것을 보았다. 이것은 그녀가 여러 장소에서, Special Olympic의 의의를 역설하는 것으로서, 청중의 마음속에 '이렇듯 뜻 깊은 일이니까, 자진해서 참가하고 싶다'는 기분을 만들어 내는 힘이 있었다는 내용이다.

이와 같이 훑어보니 ― 자신이 놓여 있는 상황을 즐기고, 거기에서 가능한 것을 발견하고, 자신이 가진 특성을 긍정하여 살려, 사회에 대해서도 적극적인 여성이 이룩한 것은 멋지게 비친다.

또한 무리해서 남성의 분야에 치고 들어가서, 새로운 자극을 주면서, 새로운 결실을 만들어 내는 것도 좋을 것이다.

　又、多分性差の比較的少ない音楽芸術の世界に踏み込むのも悪くない。

　音楽には一人で楽しむことができると同時に他の人々と共に音楽を作るというアンサンブルの楽しみ利点があり、閉ざされた世界に住んでいた女性が声、音を出す時に自分を見直すチャンスが訪れる。人の手を借りずに自身を表現する。それはある意味怖い事だが、アンサンブルの中で共に進んで行くという心強い環境がある。

　一度踏み出して発見した自己というのは人生のあらゆる部分に影響を与え、それぞれの人生を彩って行くだろう。

　選択する可能性が広がった現代というのは、素晴らしい。

　それでも自分で選択するということは、それに伴うリスクも受け止めるということである。選ぶ事で失うものがあるわけだが、私の尊敬する日本の女性たちは、喪失感、苦しみ、悲しみを受け止めつつ同時に前向きに豊かに充実させている。

　これは日本女性に限らないと思われる。障害、喪失、不和、攻撃などから逃げ出すのではなく、受け止めつつそれを不幸と考えずに生きていくという女性に共通する美しさを感じていたい。

또, 성차가 비교적 적은 음악 예술의 세계에 발을 들이는 것 또한 나쁘지 않다.

음악에는 혼자서 즐길 수 있고, 동시에 다른 사람들과 같이 음악을 만드는 앙상블의 즐거움이라는 이점이 있어서, 닫혀진 세계에 살고 있던 여성이 목소리, 소리를 낼 때에 자신을 다시 보게 되는 기회가 찾아온다. 다른 사람의 도움 없이 자신을 표현한다. 그것은 어떤 의미로는 두려운 일이지만, 앙상블의 속에서 같이 나아간다고 하는 마음 든든한 환경이 있다.

한번 발걸음을 내딛어서 발견한 자신이라는 것은 인생의 모든 부분에 영향을 주고, 제각각의 인생을 색칠해 갈 것이다.

선택의 가능성이 넓어진 현대라는 세상은 멋지다.

그래도 자신이 선택한다고 하는 것은 그것에 따르는 위험도 감수 하는 것이다. 선택함으로 인해 잃어버리는 것이 있기는 하겠지만, 내가 존경하는 일본의 여성들은 상실감, 고통, 슬픔을 감수하면서 동시에 긍정적으로 여유있게 충실하게 살아가고 있다.

이것은 일본여성에 한정되지는 않는다고 생각된다. 장애, 상실, 불화, 공격 등으로부터 도망치는 것이 아니라 받아들이면서, 그것을 불행이라고 생각하지 않고 살아가는 여성에게 공통된 아름다움을 느끼고 싶다.

인용문헌

板坂耀子(2005)『平家物語』中公新書

茨城のり子(1979)『詩のこころを読む』岩波ジュニア新書

　　　　　　(1994)『おんなのことば』童話屋

赤瀬川原平(1990)『千利休無言の前衛』岩波新書

黒塚信一郎(2005)『茶柱が立つと縁起がいい』原書房

佐々木瑞枝(1991)　外『日本社会再考』北星堂書店

寿岳章子(1979)『日本語と女』岩波新書

　　　　　(1990)『日本人の名前』大修館書店

　　　　　(1990)『日本語の裏方』創拓社

瀬戸内寂聴(2005)『おとなの教養古典の女たち』海竜社

西澤健次(2005)『功名が辻に学ぶヨメの会計学』洋泉社

白洲正子(1999)『器つれづれ』世界文化社

宮尾登美子(2005)『平家物語の女たち』朝日新聞社

宮地裕古稀記念論文集(1995)『日本語の研究』明治書院

ユリイカ　(1999)『総特集　白洲正子』ユリイカ２月臨時増刊31巻３号

古典解釈シリーズ文法全解(1996)『万葉集』　旺文社

　　　　　　　　　　　　　　　　『伊勢物語』

　　　　　　　　　　　　　　　　『竹取物語・堤中納言物語』

　　　　　　　　　　　　　　　　『枕草子』

　　　　　　　　　　　　　　　　『平家物語』

　　　　　　　　　　　　　　　　『徒然草』

『世界の女性語・日本の女性語』(1993)『日本語学』５月臨時増刊号　vol.12

참고문헌

阿部謹也(1995)『「世間」とは何か』講談社現代新書

板坂耀子(1994)『江戸の女、いまの女』葦書房

伊藤康子(1998)『新日本の女性史』学習の友社

茨城のり子(1969)『茨城子詩集』現代詩文庫

大塚ひかり(1999)『男は美人の嘘が好き―ひかりと影の平家物語』清流出版

＿＿＿＿＿＿＿(2004)『源氏の男はみんなサイテー』ちくま文庫

緒方貞子(2002)『私の仕事』草思社

柏木恵子　外二人編（1997)『文化心理学』東京大学出版会

現代日本語研究会編(1994)『女性のことば・職場編』ひつじ書房

黒田龍彦(2002)『緒方貞子という生き方』ベストセラーズ

斎藤美奈子(2004)『物は言いよう』平凡社

佐々木瑞枝(1999)『女の日本語・男の日本語』筑摩書房

西村汎子　外四人編『文学にみる日本女性の歴史』吉川弘文館

相馬雪香(2002)『あなたは子どもに何を残しますか』祥伝社

白洲正子(1999)『器つれづれ』世界文化社

＿＿＿＿＿＿(2002)『美の種まく人』新潮社

増田澄子(1989)『徒然草のこころ』笠間書房

편저자 **황미옥**(黃美玉)

　　현재 인천대학교 일어일문학과 교수로 재직중이며 전공분야는 '일본어학·한일 대조언어학'이다. 저서로는『현대 일한사전(공편저)』(교학사, 1999),『일본어는 뱀장어/한국어는 자장(공저)』(글로세움, 2003),『일본어편지쓰기(공저)』(국제외국어평가원, 2005) 등이 있다.

인천대학교 일본문화 연구소 번역총서 1

일본의 언어와
문화속의 여성상

초판인쇄　2012년 07월 25일
초판발행　2012년 08월 06일

편 저 자　황미옥
발 행 인　윤석현
발 행 처　제이앤씨
등록번호　제7-220호
책임편집　정지혜

우편주소　132-702 서울시 도봉구 창동 624-1 북한산현대홈시티 102-1206
대표전화　(02) 992-3253(대)
전　　송　(02) 991-1285
홈페이지　www.jncbms.co.kr
전자우편　jncbook@daum.net

ⓒ 황미옥 2012 All rights reserved. Printed in KOREA

ISBN 978-89-5668-920-3 93830　　　　　정가 10,000원